Sicut totius ſapientiæ decus, & ſalutaris eruditionis ornatus ..... renovari incipit : ita & horum uſus in manibus ſcribentium redintegrandus eſſe videtur. Alcuin. Epiſt. 15.

DE L'ÉTAT DES SCIENCES EN FRANCE,

Depuis la mort de Charlemagne, jusqu'à celle du Roi Robert.

Dissertation qui a remporté le Prix de l'Académie des Belles Lettres en 1737. par M. l'Abbé GOUJET, *Chanoine de S. Jacque de l'Hôpital.*

A PARIS,

PAR LA COMPAGNIE DES LIBRAIRES associés à l'impression de la Collection des Historiens de France.

MDCCXXXVII.

Avec Approbation & Privilége du Roi.

Chez { GABRIEL MARTIN,
JEAN-BAPTISTE COIGNARD,
PIERRE-JEAN MARIETTE,
HIPPOLYTE-LOUIS GUERIN, } ruë S. Jacques.
JACQUES GUERIN, Quay des Augustins.

DE L'ÉTAT DES SCIENCES EN FRANCE,

Depuis la mort de Charlemagne, jusqu'à celle du Roi Robert.

Dissertation qui a remporté le Prix de l'Académie des Belles Lettres en 1737. *par M. l'Abbé* GOUJET *Chanoine de S. Jacque de l'Hôpital.*

IL n'y a point de siécle qui n'ait, pour ainsi dire, ses deux faces: l'une lumineuse, l'autre qui est obscurcie par les ténebres. C'est ne representer chaque siécle qu'à demi que de n'en montrer que la difformité: Et tel est le parti qu'ont embrassé presque tous ceux qui ont entrepris de parler de l'état des Sciences en France dans le IX. & dans le X. ſiécle. Je conviens d'un autre côté, que ce ſeroit aller beaucoup trop loin que de prétendre avec un auteur de ce tems-là, que la belle littérature fit alors tant de progrés dans ce Royaume, que les François du IX. ſiécle en particulier, méritoient d'entrer en parallele avec les Grecs & les Romains des bons ſiécles. Cette prétention eſt inſoutenable. L'on doit plûtôt dire avec le célébre Loup de Ferrieres, que les Sciences ayant été tirées comme de la pouſſiere, & remiſes en honneur par les ſoins de Charlemagne, on continua de les cultiver ſous ſes ſucceſſeurs.

Monach. Sangall. l. 1. n. 2.

Lup. Ferrar. Epiſt. 1.

Ce n'eſt pas que j'ignore les plaintes que le même abbé faiſoit à ce ſujet en écrivant à Eghinart ſon ami : Que l'amour de l'étude étoit fort refroidi depuis la mort de Charlemagne, & que beaucoup regardoient l'application aux Sciences comme une ſorte d'oiſiveté qui tenoit de la ſuperſtition ; qu'au lieu de penſer encore avec Ciceron, que l'honneur entretenoit le goût des

Id. ibid.

Sciences, & le nourrissoit, que la gloire animoit à l'étude, on ne supportoit qu'avec peine ceux qui cherchoient à être plus éclairés que le commun; Que les ignorans avoient toujours les yeux ouverts sur ceux qui étoient instruits, & que si ces derniers faisoient quelque faux pas, s'ils conservoient encore quelque vice, on l'attribuoit, non à la foiblesse de la nature, mais à la Science. Outre que cette injustice dont il avoit raison de se plaindre, n'étoit nullement générale, & que l'on pouroit la reprocher à des siécles postérieurs & plus éclairés; ces plaintes elles-mêmes supposent ce que j'ai dit, & ce que Loup avoue dans toutes ses lettres, qu'il y avoit alors des gens qui estimoient la science & qui cherchoient à l'acquerir, qui faisoient cas des Savans, & qui les favorisoient dans leurs études. En effet pour peu que l'on soit instruit de l'histoire de ce tems-là, on y aura vu que la plûpart des écoles fondées ou retablies sous le regne de Charlemagne, subsisterent long-tems encore après sa mort, & qu'il s'en forma de nouvelles; &

l'on avouera que de ces écoles il ſortit un aſſez grand nombre de perſonnes que leur érudition à rendu célébres en leurs tems, & qu'il n'y a preſque aucun genre de ſciences qui n'ait été cultivé alors avec quelque ſoin.

Annal. à Pithæo edit.

Charlemagne mourut l'an 814. L'état où il laiſſa les Lettres à ſa mort étoit brillant, eu égard à celui où il avoit été avant ſon regne, & il faiſoit eſpérer de plus grands ſuccés pour l'avenir. Les diviſions qui ſe mirent entre les Princes François; les guerres & les autres deſordres qu'elles occaſionnerent, y apporterent quelque obſtacle; mais elles ne purent empêcher que les Lettres ne fuſſent cultivées avec autant d'ardeur que le génie du ſiécle, & les malheurs dont il fut témoin & trop ſouvent la victime, purent le permettre. Louis le Débonnaire n'eut guéres moins de zéle pour elles que ſon pere Charlemagne. Il en avoit donné des marques du vivant même de ce Prince dans une aſſemblée tenüe à Attigni: Il avoit ordonné que l'on établiroit de nouvelles écoles dans les lieux convenables, où il ne s'en trouvoit point; il avoit promis de r'animer les exercices de celles qui étoient déja établies, & il renouvela ces ordres & ces promesses par un Capitulaire de l'an 823. (a)

Cette Ordonnance, quelque sage qu'elle fût, ayant été assez mal exécutée, les Evêques assemblés dans le Concile de Paris de l'an 829. demanderent à Louis la permission d'établir sous son autorité trois écoles publiques au moins, dans trois endroits les plus commodes de ses Etats, afin, disent ces Prélats au Roï, que votre travail & celui du Prince votre Pere, ne périssent pas par néglicence, que l'Eglise au contraire en retire & plus d'avantage & plus d'honneur, & que votre réputation & votre récompense en augmentent. Pour animer les exercices de ces écoles, il fut ordonné dans le même Con- Concil. Gall. tom. 2.

(a) On voit par le même Capitulaire que ces députés que l'on nommoit alors *Missi Dominici*, étoient chargés de veiller sur ces écoles. C'est ce que prouve M. de Roye dans le traité *De Missis Dominicis*, p. 127. *& suiv.*

cile que les enfans qui y ſeroient inſtruits, ſeroient préſentés aux Conciles Provinciaux. Un canon du Concile d'Aix-la-Chapelle en 816. avoit déja pourvû à ce rétabliſſement des écoles, & à la néceſſité de n'y placer que des maîtres habiles: Et ce qui me paroît digne de remarque, c'eſt que ce Concile inſiſta ſur cela par cette raiſon très judicieuſe: Que la Science eſt néceſſaire pour détourner du vice, & pour exciter à la pratique de la vertu. Le Concile de Meaux en 845. Celui de Valence en 855. & quelques autres: Hérard, Archevêque de Tours, & beaucoup d'autres Prélats, également perſuadés de la néceſſité de cultiver les Sciences, & combien elles ſont capables de rendre l'Egliſe & l'Etat floriſſans, ordonnerent les mêmes établiſſemens pour les lieux qui dépendoient de leur juriſdiction, & ils ne tarderent pas à voir des fruits d'un zéle ſi louable.

ECOLES.

Franc. Florens, ad cap. 3. extra. de vitâ & Hon. cleric.

Si l'on ne voit pas que Louis le Débonnaire ait établi les trois écoles qui lui avoient été demandées, l'on ſçait que celle du Palais ſi célébrée par Alcuin, qui en avoit fait le principal ornement ſous Charlemagne, ſubſiſta preſque dans la même ſplendeur ſous le Prince ſon fils & ſon ſucceſſeur. J'en ſuis d'autant moins ſurpris que Louis avoit l'eſprit cultivé : il ſavoit le Latin, & le parloit aiſément, & il n'étoit pas ignorant dans le Grec. Dans ſa jeuneſſe il avoit aſſez-bien étudié les Poëtes profanes. Il paſſa dans la ſuite à des études plus conformes au Chriſtianiſme. Il étoit ſi verſé dans la ſcience des Ecritures qu'il en ſavoit le ſens litteral, le ſens moral, & l'anagogique : c'eſt ce que dit l'un des Hiſtoriens de ſa vie. Avec de telles qualités, il n'eſt pas étonnant qu'il animât par ſon exemple & par ſes bienfaits les exercices de l'école dont il s'agit. Je ne ſai ſur quel fondement un ancien Hiſtorien a prétendu que cette école n'étoit proprement deſtinée qu'à apprendre le chant. On a des preuves que l'on y enſeignoit auſſi les Lettres ſaintes & même les Lettres humaines. Peut-être y avoit-il deux écoles, l'une pour le chant, l'autre pour les Sciences dont je viens de

De Roye, in vitâ Berengar. p. 12. & ſuiv.

De Launoi, in tract. de Schol. celebrior. Et alii.

Thegan. de geſt. Ludov. Imp. cap. 19.

Chronic. Alberic. ad an. 814.

Du Chesne, hist. Franc. t. 2.

parler. Le moine Héric semble même faire entendre qu'il y avoit aussi un exercice pour les armes : car après avoir loué Charles le Chauve de ce qu'au milieu des guerres qui troubloient son regne, les Lettres trouvoient toujours en lui un protecteur, il dit que son palais méritoit d'être appelé une école où l'on ne s'appliquoit pas moins aux Lettres qu'à l'art Militaire. Cet exercice mixte n'étoit pas nouveau. L'instruction de l'art Militaire portoit autrefois le nom d'école, comme on le voit dans la derniere loi *de locato & conducto*, au Code, où la milice est appelée *Studium publicum.* Mais l'école du palais dont je parle, étoit différente de ces anciennes écoles Militaires : elle étoit plus consacrée aux Lettres qu'aux Armes. Il y avoit à l'usage des maîtres & des étudians une bibliothéque bien fournie pour le tems. On voit que Louis le Débonnaire en fit prêter beaucoup de livres (*copiam librorum*) au Diacre Amalaire, pour travailler à cette regle des Chanoines à laquelle l'Abbé Benoît d'Aniane eut quelque part, qui fut

Vita Ludov. Pii Script. Astron. cap. 40.

approuvée & augmentée par les Evêques, & dont le Roi fit diſtribuer un grand nombre d'exemplaires. Il y avoit un homme habile prépoſé pour gouverner cette bibliothéque, & ſans doute auſſi pour l'augmenter. Ebbon, depuis Archevêque de Reims, fut chargé de cet emploi ſous Louis le Débonnaire.

Epiſt. Ludov. Pii, ap. Sirmond. t. 2. Concil. Gall. Chronic. Alberic. ex editione Leibnitz. ad an. 819.

On croit communément que Claude, depuis Evêque de Turin, enſeigna les Lettres ſaintes dans l'école du palais au commencement du regne de Louis, & peut-être dès la fin de celui de Charlemagne. Jonas, Evêque d'Orleans, ſemble le dire. Il ajoute même dans la préface du traité qu'il compoſa contre Claude en faveur des images, que les livres du dernier qu'il réfute, y furent examinés & condamnés. Je ne prétens pas nier que Claude ait demeuré dans le palais de Louis. Mais il me ſemble que tout ce que Jonas veut faire entendre, eſt qu'il y demeura quelque tems comme Prêtre, & peut-être en qualité de Chapelain, qu'il y expliquoit l'Evangile avec aſſez de ſolidité, pour faire croire qu'il méritoit d'être élevé à l'Episcopat, & que lorsqu'il se fut déclaré contre le culte des images, ses livres sur ce sujet furent rejetés par l'Empereur, après l'examen que ce Prince en avoit fait avec les personnes éclairées qu'il avoit à sa suite. Selon cette opinion que je crois fondée, Claude ne fut point modérateur de l'école du palais. Il est plus certain qu'Aldric eût cet emploi. Il étoit disciple de Sigulfe, qui avoit étudié sous Alcuin; Louis avoit admiré son zéle & ses lumieres dans une dispute sur quelque matiere dogmatique. Amalaire présida après lui à l'école du palais, & fut remplacé par ce Thomas à qui Walafride Strabon adresse un de ses Poëmes. Angélome, depuis moine de Luxeu, s'applaudit d'avoir été instruit dans cette école sous Amalaire, dans les arts libéraux, & dans la science des Ecritures. Il devint célébre lui-même dans la suite, par son érudition & par sa piété, & quand Lothaire fut parvenu à l'Empire, il le rappela dans son palais, & l'engagea d'y enseigner ce qu'il y voit appris dans sa jeunesse. (a)

Je trouve en partie dans Charles le Chauve le même zéle pour les Lettres que nos Historiens ont noué dans Louis le Débonnaire. Héric dit dans sa vie de saint Germain que ce Prince marcha à cet égard sur les traces de Charlemagne, & qu'il alla même plus loin. Charlemagne, dit-il, a ressuscité « les Sciences; pour vous, vous les « avez étendues. Votre autorité, « votre exemple, vos bienfaits, « vous les avez fait servir à mettre « les Lettres en honneur, à réveil- « ler ceux qui pouvoient les culti- « ver, à faire venir dans vos Etats « ceux qui pouvoient les éclairer. « Vous avez répandu sur eux vos «

(a) D. Liron, Benedictin, qui dans ses Aménités de la critique, t. 1. seconde part. prétend contre le sentiment commun des Savans, qu'il n'y a point eu d'école réglée dans le palais de Charlemagne, ni dans celui de Louis le Débonnaire, ni dans celui de Lothaire, a un peu brouillé ces faits, & il y fait dire à Angélome & à M. de Launoi ce qu'ils ne disent pas. S'il eût consulté la préface d'Angélome sur le Cant. des Cant. expliqué par lui-même, à la priere de Lothaire, il me semble qu'il eût mieux connu la vérité.

» largesses ; vous les avez comblé » de caresses : Votre amour pour » les Savans, & la protection que » vous leur accordez ont attiré chez » vous beaucoup d'étrangers, qui » ont quitté leur patrie pour venir » augmenter la gloire de votre » Royaume. Au milieu du tumulte » des armes, où les Sciences lan- » guissent ordinairement, vous avez » trouvé le moyen de les faire fleu- » rir comme dans le sein même de » la paix. » On ne pourroit pas louer autrement Louis XIV. Mais cet éloge étoit outré pour Charles le Chauve, quoiqu'il soit certain que son palais ait été une école florissante, & que lui-même ait donné beaucoup de marques de son amour pour les Lettres & pour les Savans. Jean Scot qui ne manquoit pas d'habileté dans les langues Grecque & Latine, présida assez long-tems à cette école. Hilduin eut le soin de la bibliothéque que l'on augmentoit souvent de livres nouveaux. Le Philosophe Mannon qui succéda à Scot, forma des éleves qui firent honneur aux Eglises dont ils eurent dans la suite le gou-

Serm. Apostolici Joann. in Synod. Episcop. apud Pithæum, pag. 499. 500. &c. editione Francof. ann. 1594.

rnement. On compte entr'autres
adbot d'Utrecht, Etienne de Lie-
, & Mancion de Châlons sur Batav. Sacr. pag. 119.
arne. Le Philosophe Mannon
ntinua de donner ses soins à cet-
école sous Louis le Begue, &
n ne peut douter qu'elle ne fleu-
t encore sous Louis & Carloman.
ngilbert, abbé de Corbie, loue
premier de son amour pour les
ettres, & de l'application qu'il
onnoit également à nourrir son
eur & son esprit (a). Ce fut pour
jeune Prince qu'il fit copier le
raité *de la Doctrine Chrétienne* de
int Augustin.

Les Evêques animés par l'exem-
le du Prince, & conduits par l'a-
nour de leur devoir, séconderent
n zéle si noble, & il n'y eut pres-
ue aucun lieu célébre dans l'éten-
ue de notre Monarchie, où l'on
instituât des écoles, où dans le-
uel on ne donnât, autant qu'il
toit possible, un nouveau lustre à
elles qui étoient déja fondées. Il
ous reste des monumens assez cer-
ains pour faire connoître la plûpart

(a) Qui sanctæ Sophiæ certat rimare
ecreta.

au moins de ces écoles : mais je serois trop long si je voulois en donner l'histoire. Je me borne à parle
en peu de mots des principales. J
commencerai par faire remarque
que l'on ne séparoit dans presqu
aucune l'étude des Sciences profanes de celle des Sciences divines
parce que, bien entendues, elles se
prêtent un secours mutuel. C'est ce
qui se pratiquoit dans les écoles
d'Orleans sous les Evêques Théodulfe & Jonas : Dans celle de Fleuri, où pendant tout le IX. siécle
& depuis, l'on vit les Sciences ho-
norées & cultivées : Dans celles de
Tours où la jeunesse étoit instruite
avec beaucoup d'application. Hérard, Archevêque de cette Ville,
ordonna que tous les Prêtres entre-
tiendroient, autant qu'il seroit possible, un certain nombre de jeunes
gens ; qu'ils les instruiroient dans
les lettres, & qu'ils auroient à cet
effet des livres corrects. Cette ordonnance est de l'an 858. Il y a
apparence qu'elle ne regardoit que
les élemens des lettres : mais on
sait d'ailleurs qu'Hérard n'étoit
pas moins attentif à faire fleurir

Concil. Gall. tom. 3. pag. 112.

Maan Metrop. Turon. 2. part. p. 42.

les Sciences ſupérieures. (a)

C'étoit le même zéle à ſaint Germain d'Auxerre. Charles le Chauve y envoya ſon fils Lothaire, & le moine Héric dit que ce jeune Prince y fit de grands progrès dans la Philoſophie. On y enſeignoit également les lettres Grecques & Latines, comme on le voit par les ouvrages du même Héric. Lui-même avoit été élevé dans cette école, & ce qui nous reſte de lui, montre qu'il avoit aſſez bien étudié la langue Grecque. Widon, depuis Evêque d'Auxerre, gouverna la même école, comme le dit Flodoard, & il y eut pour diſciple, Hugues, fils du Comte Héribert, depuis Evêque de Laon. L'école de Corbie en France n'eut pas moins d'éclat ſous le regne de Louis le Débonnaire, & depuis. On y en-

(a) Il eſt certain que l'école de Tours étoit très-fréquentée ſous le fameux Bérenger, qui la gouverna avec une grande réputation dès la fin du regne du Roi Robert ; *Voyez* M. de Roye, *de vitâ*, *hæreſi & pœnitentiâ Berengarii*, pag. 15. *& ſuiv.* Mais on a auſſi des preuves que cette école de Tours étoit déja fort célébre avant même la naiſſance de Bérenger.

ſeignoit preſque toutes les Sciences ; l'on y vit entre les maîtres Paſchaſe Ratbert, & Ratramne, célébres par leurs écrits, & Odon. Il y avoit une bibliothéque conſidérable pour le tems, & fournie de bons livres. Ce fut dans cette école que l'on forma ceux qui dans la ſuite fonderent l'Abbaye de Corbie en Saxe, où ils porterent le même amour de l'étude & le même zéle pour le progrès des Sciences.

Hincmar ſe conduiſit de même à Reims dès qu'il fut monté ſur le ſiége Epiſcopal de cette Ville. Il avoit déja fait paroître ſes talens dans l'Abbaye de ſaint Denys, où il avoit été religieux, & dans celle de ſaint Germer (a) au diocéſe de Beauvais qu'il avoit gouvernée. C'étoit un prélat inſtruit, & qui recherchoit avec ardeur ceux qui avoient du goût & de la capacité. Il prit ſoin lui-même de l'éducation des neveux d'Iſaac, Evêque de Langres.

Flodoard l. 3. c. 23.

(a) Flodoard l. 3. c. 1. *Hiſt. Eccl. Remenſ.* dit *ſancti Germani*, au lieu de *ſancti Geremari Abbas* : mais on voit parce qu'il rapporte au même livre chap. 18. qu'il s'agit de S. Germer, & non de S. Germain.

Langres. Hincmar, son propre neveu, depuis Evêque de Laon, fut aussi élevé sous ses yeux, & en partie par ses soins. Il l'instruisit dans les lettres, où il ne fit pas tout le progrès qu'il eût été capable de faire, comme son oncle le lui reprocha, mais trop amérement, dans les disputes qu'ils eurent depuis ensemble, & où ils se livrerent l'un & l'autre à toute leur vivacité. Ansegise, depuis Archevêque de Sens, fut instruit dans la même école de Reims, & il paroit par la lettre d'Hincmar à Enée Evêque de Paris, que Bernon fut envoyé au premier pour le même sujet; ce qui montre combien cette école étoit célébre. Hincmar ne la dirigeoit pas toujours par lui-même: ses autres occupations & surtout son zéle & ses emplois pour le service du Roi, l'emportoient souvent ailleurs. Mais il y suppléoit en confiant cette école aux soins de plusieurs Savans, dont les talens & les bonnes mœurs lui étoient connus. Flodoard en nomme quelques-uns, entr'autres Sigloard dont il parle avec estime. Les ravages des

Hincm. Epist. ad Episcop. Laud.

Flod. l. 3. c. 28.

Marlot, Metropol. Remens.

Normands qui faisoient des courses fréquentes aux environs & jusqu'aux portes de Reims, arrêterent cette école au milieu de sa gloire. Le relachement s'y introduisit & dura jusques vers le tems de Foulques qui fut fait Archevêque de Reims en 882. Ce prélat trouva deux écoles dans sa Ville, mais fort tombées, & où les exercices étoient dans une extrême langueur. Son premier soin fut de les relever, & de redonner de la chaleur aux exercices. L'une de ces écoles étoit pour les Chanoines du lieu, l'autre pour le reste du Clergé de ce Diocése. Foulques fit venir d'Auxerre le célébre Remi, pour y enseigner les arts libéraux, & lui-même présidoit souvent aux exercices. Il y appela aussi Hucbaud, moine de saint Amand, qui avoit fait une étude particuliere de la Philosophie & qui fit honneur à l'Eglise de Reims par son érudition. Son mérite avoit déja éclaté à Auxerre, où il enseignoit quand il fut appelé à Reims. Entre les disciples qu'il eut dans cette Ville, Seulfus, depuis Archevêque de Reims, passe pour

Chronicon Flodoardi.

avoir été très-versé dans les Sciences Ecclésiastiques & Profanes. Le moine Abbon, qui y vint étudier la Philosophie, étoit déja fort instruit de la Grammaire, de l'Arithmétique & de la Dialectique. Remi lui apprit les premiers élemens de l'Astronomie. Robert, depuis Roi de France, étudia dans la même école sous le célébre Gerbert, depuis Pape, qui avoit au moins ébauché l'étude de toutes les Sciences. Gerbert avoit été mis à la tête de l'école de Reims par l'Archevêque Adalberon, & ce Prélat s'en servoit souvent pour composer les lettres qu'il étoit obligé d'écrire comme Chancelier, aux Rois & aux Princes. C'est ce que l'on voit par le recueil des lettres de Gerbert, que Papire Masson a publié.

L'école de Lyon ne le cédoit point à celle de Reims, surtout sous les Evêques Leidrade, Agobard, Amolon & Remi, connus par leurs ouvrages. Le premier eut la consolation de laisser cette école florissante lorsqu'il renonça à l'Episcopat & au siécle l'an 814. Il avoit rétabli la Psalmodie dans son Eglise ſelon le rit obſervé dans le palais; & il avoit inſtitué des écoles de Chantres & de Lecteurs, qui entendoient le ſens ſpirituel des livres ſaints: c'eſt ce qu'il dit dans ſa lettre à Charlemagne. (a)

Le Diacre Flore, qui n'eſt pas moins connu par ſes écrits, fut longtems l'ornement de cette école. On trouvoit les mêmes avantages à Mayence. Il y avoit une école célébre établie par ſaint Boniface & qui fut dirigée enſuite par le docte ſaint Lulle; mais Raban, l'un des diſciples d'Alcuin, lui donna un nouvel éclat. Si ſa gloire périt en partie par la mort de Raban, elle ſe conſerva dans l'école de S. Alban, dans la même Ville. A Paderborn en Baviere, qui obéiſſoit alors aux François, on vit une autre école, dont un écrivain du tems parle

Bolland. 23. Jul. pag. 407.

(a) Habeo, *dit-il*, Scholas Cantorum, ex „ quibus plerique ita ſunt eruditi, ut alios „ etiam erudire poſſint. . . . . præter hæc „ habeo Scholas Lectorum; non ſolum qui „ officiorum lectionibus exercentur, ſed „ etiam in divinorum librorum meditatio- „ ne ſpiritualis intelligentiæ fructus conſe- „ quantur, &c. *Leidrad. Epiſt. ad calcem oper. Agob.*

avec beaucoup d'éloge. Ce qu'il en dit, fait voir que le noble & le roturier, le clerc & le laïc s'empressoient d'y aller puiser des lumieres pour toute sorte de Sciences. On étoit redevable de son établissement à Badurade, qui gouverna cette Eglise depuis l'an 815. jusqu'en 863. L'auteur du récit de la translation des Reliques de saint Liboire Evêque du Mans, à Paderborn, ouvrage assez bien écrit pour le tems, avoit été élevé à cette école. Richbode, Archevêque de Tréves, ami & condisciple d'Alcuin, montroit une si grande ardeur pour les Belles Lettres, qu'on lui reprocha d'avoir donné trop de tems à la lecture de Virgile. Il animoit cependant son clergé à la recherche des connoissances qui lui étoient convenables, & il transmit son zéle à Amalaire & à Hetti ses successeurs. On ne peut douter que ceux-ci n'eurent des imitateurs, puisqu'à la fin du IX. siécle, on cultivoit encore les Lettres avec quelque soin dans tous les Monastéres du Diocése de Tréves.

Alcuini Epist. 34.

Le même goût pour les Lettres regnoit dans les diocéses de Metz & de

B. Pez, anecdot. tom. 4.

Verdun. L'école de S. Mihiel si célébre dès la fin du VIII. siécle & au commencement du IX. sous l'Abbé Smaragde, se soutint encore longtems sous la direction d'un disciple de Remi d'Auxerre. J'en dis autant de celle de saint Vanne, sous Bérard Evêque de Verdun, qui prenoit soin lui-même de cette école, & qui y eut entr'autres disciples, Dadon son neveu & son successeur, & l'Historien Berchaire. L'école de Metz eut l'avantage d'avoir pour modérateur Aldric qui avoit été élevé dans l'école du palais, & qui porta la même ardeur pour le progrès des Lettres au Mans, lorsqu'il en fut devenu Evêque. Aussi fut-ce sous son Episcopat & à sa sollicitation, que plusieurs personnes de son Clergé, employerent leur plume à écrire les actes de ses prédécesseurs, que le tems nous a conservés. En examinant avec attention les divers monumens qui nous restent des tems dont je parle, on trouve qu'il y avoit de pareilles écoles à Evreux, à Sens, à Vienne, à Laon, à Beauvais, à Cambrai, & ailleurs. Je serois même tenté de croire, & cette conjecture n'est pas sans fondement, que ceux que l'on nomme présentement Chapelains dans les Eglises au moins Cathédrales, n'étoient originairement que de jeunes étudians que l'on attachoit à ces Eglises, où ils apprenoient leurs devoirs en fréquentant l'école & en assistant à l'Office Divin. Je crois que l'on doit regarder sur le même pié la plûpart au moins de nos anciennes Eglises, qui portent aujourd'hui le titre de Collégiales. Dans leur origine ces Eglises étoient des Monastéres où l'on enseignoit les Sciences sacrées & profanes. Une partie des autres n'étoit, ce semble, que des Congrégations ou Colléges, fondés pour y enseigner l'Ecriture sainte & les lettres humaines aux jeunes gens qui se préparoient à la Cléricature. Tels ont été à Paris, suivant l'opinion de plusieurs Savans, les Colléges de saint Nicolas du Louvre & des Bons-Enfans, où il n'y avoit, disent-ils, originairement que des écoliers.

Raban, dont j'ai déja parlé, dirigea long-tems l'école de Fulde, la plus célébre peut-être que l'on

Mabill. an. l. 27. n. 14. Gall. Christ. nov. edit. t. 5.

ait vûe en ce tems-là, & qui fut la mere de plusieurs autres. Il en fut Ecolâtre d'abord; & lorsqu'il fut devenu Abbé, l'on vit sous son gouvernement plus de deux cens moines, dont douze étoient préposés pour enseigner aux autres les Sciences Ecclésiastiques, & les profanes même, en tant qu'elles avoient rapport aux premieres. La piété & l'érudition qui brilloient dans son Monastére, lui acquirent une si grande réputation que les Eglises les plus éloignées y venoient chercher souvent ceux qu'elles desiroient pour leurs premiers Pasteurs. Il y avoit une bibliothéque nombreuse & remplie de livres de toute espéce. Walafride Strabon, Loup de Ferrieres, Rudolfe, Otfride, & beaucoup d'autres, y prirent les leçons de Raban. Rudolfe, de disciple devint dans la suite maître dans cette école. Toute la Germanie l'a loué comme un homme très-habile dans l'histoire, dans la poësie, & dans tous les arts libéraux (a). Bern-

(a) Doctor egregius & insignis floruit historiographus & poëta, atque omnium ar-

ward

ward dirigea cette école après lui, & n'acquit pas une moindre réputation. Je pourrois encore nommer les écoles d'Hirſauge au diocéſe de Spire, qui preſque dès ſa fondation en 838. devint une célébre Académie; de Richenow, dirigée par Walafride Strabon, qui eut d'habiles ſucceſſeurs; d'Hersfels au pays de Heſſe; de Weiſſembourg en Alſace; de Hautvilliers au diocéſe de Reims; de Micy près d'Orleans; de Ferrieres qui dut ſon établiſſement à celle de ſaint Martin de Tours; de ſaint Waſt d'Arras; de ſaint Gal; de Condat ou ſaint Claude au Mont Jura; de Réomé ou Monſtier-ſaint-Jean, au diocéſe de Langres; de Luxeu; de ſaint Germer, au diocéſe de Beauvais, & de pluſieurs autres lieux: mais ce détail meneroit trop loin; je le finis en diſant encore quelques mots de l'état où les Lettres étoient alors dans les Monaſtéres de Paris ou du diocéſe.

Dès le commencement du IX. ſiécle, le Prêtre Mothaire dont le Marten. Anecdot, t.6.

tium nobiliſſimus autor. Annal. Franc. à Pith. edit. ad ann. 865.

Felib. hist. de l'Abbaye de S. Denys l. 2. n. 27.

reclus Dungal nous a laissé l'épitaphe, se distinguoit à saint Denys par son savoir. Vandelmar fut tiré de ce Monastére pour conduire les études des jeunes Clercs de la Chapelle Royalle. La discipline réguliere tomba peu aprés dans cette Abbaye sans y faire aux études tout le tort qu'on avoit lieu de craindre. Hincmar y puisa dans sa jeunesse de grandes lumieres. Hilduin y cultiva les Sciences & les y fit cultiver à d'autres. On y vit plusieurs écrivains, tels qu'Hilduin lui-même, ceux qui mirent par écrit les miracles que l'on dit avoir été opérés par l'intercession de saint Denys, & Hildégaire, depuis Evêque de Meaux, à qui l'on attribue une vie de saint Faron. Je suis bien éloigné de placer vers le même-tems l'établissement de l'Université de Paris : je sçai qu'il est beaucoup plus récent. Mais on peut dire que l'amour que l'on avoit alors pour les Lettres dans cette ville, & le soin avec lequel on les y cultivoit, qui étoit grand pour ce tems-là, en préparoient la voie de loin. Il me paroit certain que le moine Huc-

Act. Benedict. tom. 5.

baud, connu dès le tems de Charles le Chauve, étant venu à Paris, s'attacha aux Chanoines de ſainte Génevieve, & qu'en peu de tems il y établit pluſieurs écoles (a). Remi qui avoit contribué avec Hucbaud, à rétablir celles de Reims, concourut au même deſſein; & l'on voit par la vie de ſaint Odon, qui avoit étudié ſous lui, que Remi enſeigna à Paris la Dialectique & la Muſique avant la fin du IX. ſiécle, ou au plus tard dans les premieres années du dixiéme. (b)

Quoique pluſieurs des écoles que je viens de nommer euſſent ceſſé d'être floriſſantes avant même la fin du IX. ſiécle: Quoique les Savans fuſſent moins communs dans le X. & que les Lettres y fuſſent moins cultivées, ce ſeroit cependant avoir une fauſſe idée de ce ſiécle, que de

(a) Et in brevi multarum Scholarum inſtructor fuit.

(b) Ceux qui ne mettent cet établiſſement d'écoles à Paris que vers l'an 922. ſous Charles le Simple, ſe trompent. Saint Odon étoit né en 879. il quitta l'école de Paris à l'âge de 30. ans, ſelon l'auteur de ſa vie; c'eſt-à-dire, vers l'année 908. après y être demeuré pluſieurs années.

Baronius, Genebrard, Frideric Spanheim, &c.

ne le regarder avec le Cardinal Baronius & plusieurs autres, que comme un siécle d'ignorance & de ténébres. Pour s'en convaincre, il suffit presque de lire les canons du Concile de Trosly au diocése de Soissons, tenu l'an 909. J'y trouve, il est vrai, que les Prélats s'y plaignent des desordres qui regnoient en France, surtout dans le Clergé. Mais je vois en même-tems que ces desordres n'empêchoient pas qu'il n'y eût dans ce Royaume plusieurs Evêques remplis de l'esprit & de la Science Ecclésiastique; des Prélats & d'autres personnes fort versés pour leur tems dans l'étude des Conciles, & instruits de la doctrine des Peres; des Ministres qui ne le cédoient en rien à ceux que l'on avoit estimés sous Charlemagne. Plusieurs faisoient également paroître un grand amour pour la conservation ou le rétablissement de la discipline Ecclésiastique: ils témoignoient de l'attention pour le maintien du dépôt de la Foi: ils exhortoient leurs collegues & ceux du Clergé inférieur à consulter souvent les livres Saints & les écrits des Peres, pour réfuter les hérétiques. Les écrivains conserverent encore dans leurs ouvrages un certain caractére de simplicité, qui se fait aimer même aujourd'hui, où l'on est parvenu à un haut dégré de délicatesse. On y trouve, au moins dans plusieurs, un certain air naturel, & l'on voit qu'en général ils ne manquoient ni de bons sens, ni de jugement, ni même d'une certaine érudition. On remarque dans la plûpart des écrits qui concernent la Religion, une onction qui semble avoir beaucoup diminué depuis que l'on s'est accommodé du style & du jargon de la Scholastique. La réformation d'un grand nombre de Monastéres que l'on fit en France dans le même siécle, est encore une preuve, ce semble, que le zéle n'y étoit pas séparé de la science, & que plusieurs y connoissoient au moins l'esprit des anciens Canons & le suivoient. Si les ravages des Gots, des Bourguignons, & de quelques autres, ruinerent une grande partie de tant d'Académies, qui avoient servi d'azile aux Sciences & aux Savans sous Charlemagne & ses successeurs, il y en eut plusieurs qui ne furent point enveloppées dans ce désastre; les Evêques d'ailleurs s'animerent mutuellement à en ériger de nouvelles, pour recueillir les débris de celles qui étoient péries. On y enseigna encore les lettres humaines & tout ce qui a rapport aux beaux Arts, aussibien que la Théologie & les exercices ou devoirs de la vie Chrétienne. Les moines qui suivoient la regle de saint Benoît s'empresserent comme auparavant à ouvrir aux séculiers même leurs écoles, que leur saint Fondateur semble n'avoir ordonnées que pour ses disciples, & pour y enseigner les lettres saintes, ou au plus les sciences Ecclésiastiques. Par-là ils remédierent en partie aux variations des écoles Episcopales qui ne se soutenoient pas également, & ausquelles le changement d'Evêques causoit souvent une altération très-préjudiciable.

Il est certain que les Lettres fleurissoient au X. siécle dans l'Abbaye de saint Basle au diocése de Reims. On y vit un Odéléus, aussi recommandable par la sainteté de sa vie, que par son érudition. On croit que l'historien Flodoard en fut Abbé après le milieu du même siécle (a). Asson ou Adson, Abbé de Monstier-en-Der fut estimé pour sa science & sa piété. Abbon moine de Fleuri, avec qui il étoit lié d'amitié, l'engagea à mettre en vers le deuxiéme livre des Dialogues de saint Grégoire, qui traite de saint Benoît. Asson composa lui-même plusieurs vies de Saints (b), & on lui attribue un traité de l'Antechrist, qu'il dédia à la Reine Gerberge, & que d'autres donnent à Alcuin, mais sans fondement, selon moi. Il étoit ami de Roricon, qui fut fait Evêque de Laon en 948. Ce Prélat avoit été élevé dans l'école

(a) Quelques auteurs ont écrit qu'il l'étoit encore au commencement du XI. siécle, mais ils se sont trompés. Flodoard dit lui-même dans sa Chronique sous l'an 963. qu'il étoit dans sa 70. année : & en effet il mourut en 966. comme on le voit par l'addition faite à sa Chronique par un auteur contemporain.

(b) Entr'autres la vie de saint Frobert, Abbé de Monstier-la-Celle, publiée par Camusat. Asson étoit Abbé de Monstier-en-Der en 969. suivant une charte d'Héribert, Comte de Troyes.

de Reims, & Asson dans le traité de l'Antechrist, l'appele *totius scientiæ lumen.* Ce fut lui qui rétablit l'Abbaye de saint Vincent de Laon, où il fit cultiver les Lettres, aprés y avoir fait venir douze moines de Fleuri sur Loire. On trouve de semblables écoles à Dole, à Chartres, à Avranches, à Angers, & en plusieurs autres villes du Royaume; elles subsistoient presque toutes sous le regne du Roi Robert, mais on n'en connoit pas bien les commencemens. Sous Hugues Capet, un peu avant la fin du X. siécle, Guillaume, Abbé de saint Benigne de Dijon, qui contribua à la réforme de tant de Monastéres en France, s'appercevant que l'ignorance qui regnoit en Normandie, étoit une des principales causes des desordres qui y deshonoroient le Clergé séculier & regulier, établit aussi des écoles dans les Monastéres qu'il réformoit. Tous ceux qui vouloient y apprendre les Lettres, riches ou pauvres, libres ou esclaves, y étoient bien reçus : plusieurs étudians y étoient même nourris aux dépens des Monastéres, de peur que l'in-

D'Acherii Observat. ad Guiberti Abbat. opera, pag. 648. & 649.

Glaber in vitâ Guillelmi.

digence ne refroidît leur amour pour l'étude. Il faut encore ajouter que de tant d'éleves qui avoient été formés aux Sciences dans le IX. siécle, beaucoup vécurent assez avant dans le X. & contribuerent à l'éclairer. Plusieurs loin d'avoir perdu le goût de l'étude en sortant des écoles, l'avoient cultivé, nourri & fortifié par de nouvelles lectures. Plus ils furent élevés en dignité, plus ils eurent de crédit, & plus aussi ils s'en servirent pour faire part aux autres de ce qu'ils avoient appris, & pour chercher les moyens de perpétuer le regne des Lettres. On sait le zéle qu'avoient pour elles Théotilon Archevêque de Tours, Sevin de Sens, Haganon de Chartres, Eblc d'Angoulême, & plusieurs autres. Si les guerres qui troubloient ce Royaume au dedans & au dehors, empêchoient la tenue si fréquente des Conciles, les Evêques zélés y suppléoient par leurs constitutions particulieres. Riculfe de Soissons & Gautier de Sens en firent de très-utiles. La collection de Canons faite par Réginon, Abbé de Prom, servit beaucoup à faire

Chronic. Flodoard. ad an. 945.

connoître l'eſprit de l'Egliſe, & à le maintenir en partie dans le Clergé. Abbon fut engagé par Frotaire Evêque de Poitiers, par Fulrade Evêque de Paris, & par quelques autres Prélats, à dreſſer des formules de diſcours, afin que les Paſteurs ignorans s'en ſerviſſent pour inſtruire ceux qui leur étoient confiés. Quelques Evêques en dreſſerent eux-mêmes de ſemblables (a). Si c'eſt une preuve qu'il y avoit bien des Miniſtres ſans lumiére, c'en eſt une auſſi de l'attention des bons Evêques à diſſiper cette ignorance. C'eſt la remarque que fait Odon, deuxiéme Abbé de Cluni, dans ſes deux livres de Conférences, qu'il écrivit à la priere de Turpion Evêque de Limoges. Dieu n'abandonna donc point ſon Egliſe, malgré la corruption des mœurs qui ne faiſoit que trop de progrès. Si les ſciences profanes furent cultivées avec moins de ſoin, celle des dogmes, la plus importante de toutes, trouva toujours beaucoup de défen-

(a) On trouve pluſieurs de ces Diſcours dans le tome neuviéme du Spicilege, édit. *in-quarto*.

ſeurs. Gerbert, Abbon, Fulbert Evêque de Chartres, & pluſieurs autres, la tranſmirent au XI. ſiécle. Ils ſont tous célébres par leurs ouvrages: la plûpart aprés avoir été inſtruits dans différentes écoles, en gouvernerent eux-mêmes pluſieurs, où ils eurent un aſſez grand nombre de diſciples, dont quelques-uns ſe diſtinguerent à leur tour par leurs vertus & par leur doctrine. Enfin tout le monde convient que le Roi Robert, qu'un Concile de Limoges a cru devoir appeler le plus docte des Rois, fit monter l'amour des Sciences avec lui ſur le trône, & que durant ſon regne qui fut aſſez long, il mit entre ſes principaux devoirs celui de rétablir les écoles qui étoient ruinées, de ranimer les exercices dans celles où ils languiſſoient, de protéger les Savans, & de les exciter par ſon exemple & par ſes bienfaits, à donner une nouvelle application à l'étude,

Concil. tom. 9.

Telle eſt en abrégé l'hiſtoire des études depuis la mort de Charlemagne juſqu'à celle du Roi Robert. On y voit que les ſoins du premier pour le renouvellement des Sciences ne se perdirent point à sa mort, que les fruits en passerent à sa postérité, & que celle-ci suivit le même exemple jusqu'à un certain dégré : ensorte que jusqu'à la mort du Roi Robert qui arriva l'an 1031. on ne peut nier que les Lettres n'ayent toujours été cultivées en France avec quelque soin. Il faut examiner maintenant plus en détail quelles études on faisoit, & quels étoient les défauts de ces études : par là on connoîtra mieux l'état des Sciences en France durant l'espace que je parcours.

En général il faut convenir que l'on continua de cultiver dans le IX. & dans le X. siécle les Sciences dont on avoit renouvelé l'étude sous Charlemagne. Le Concile de la Province de Lyon assemblé à Chalons sur Saone en 813. les comprend toutes sous les titres de subtilités de l'école & de doctrine de l'Ecriture, *Litteraria sollertia disciplinæ & sacræ Scripturæ documenta*. C'est-à-dire, comme l'explique le troisiéme Concile de Valence tenu l'an 855. l'une & l'autre litterature, la sacrée & la profane, dont ce Concile

Concil. Gall. t. 3. p. 308.

établit également la necessité dans le Canon dix-huitiéme sur la discipline, où il ordonne que chacun travaille à établir dans son Eglise, autant qu'il le pourra, des écoles où l'on apprenne à ceux qui se destinent au ministére Ecclésiastique, *les Sciences humaines, les Sciences Divines, & le Chant de l'Eglise :* parce que, ajoute ce Canon, le défaut de semblables établissemens cause dans l'Eglise une ignorance qui lui est très-pernicieuse.

Ibid. t. 3. Pag. 104. Catellan, Antiquit. de l'Eglise de Val. l. 3. pag. 184.

Outre la langue Latine qui étoit essentiellement nécessaire pour l'étude de la Religion, les Sciences humaines que l'on étudioit alors se réduisoient à ce que l'on nomme les arts libéraux, sous lesquels Raban & tous les auteurs de ce tems-là qui nous ont laissé des écrits sur cette matiére, comprenoient la Grammaire, la Rhétorique, la Dialectique, l'Arithmétique, la Musique & l'Astronomie.

GRAMMAIRE

Raban. de instirut. Clericor.

Par la Grammaire, Raban n'entend pas seulement l'art de bien écrire & de bien parler, mais aussi la science d'expliquer les Poëtes & les Historiens. Il veut que l'on étudie la Grammaire, ainsi entenduë, avant que de s'appliquer à la lecture des auteurs, parce que sans cela, dit-il, on n'entendroit point les figures qui sont employées dans leurs ouvrages, la force des termes, la justesse ou le défaut des expressions, que l'on se méprendroit à la ponctuation, & que l'on ignoreroit la bonne orthographe. Mais l'usage principal qu'il veut que l'on en fasse, est d'avoir pour but de lire avec plus d'utilité l'Ecriture sainte, & les Auteurs Ecclésiastiques. Il recommande aussi la Grammaire pour l'étude de la Poësie, afin d'entendre ceux des Ecrivains Ecclésiastiques qui ont écrit en vers. Car il conseille peu la lecture des Poëtes profanes; il la regarde même comme dangereuse. Cependant il ne l'interdit pas absolument, & il en fait lui-même usage dans plusieurs de ses écrits. Il veut seulement que si on les lit pour orner son esprit & polir son style, ce soit avec une grande précaution. Mais je ne vois pas pourquoi il fait dépendre la versification de la science de la Grammaire, qui selon l'idée des Grecs

& des Romains, de qui nous l'avons reçue, & selon le bon sens, devroit être l'étude de notre langue maternelle pour la parler & l'écrire correctement. Cependant presque tous ceux qui ont écrit alors sur la Grammaire l'ont entenduë comme Raban. Ce sont les idées qu'en donnent Ermenric, moine de Richenow qui en a publié un traité; Kérard, moine du même Monastére, qui a fait un recueil de synonymes; l'Abbé Smaragde dans son commentaire sur Donat; on trouve à peu près les mêmes idées dans la lettre assez longue de Hildemar sur la maniere de bien écrire. Il y a des régles assez bonnes dans ces differens écrits; mais ceux qui les donnoient, les suivoient assez mal pour l'ordinaire. Il ne faut chercher dans la plûpart ni correction de style, ni beauté d'élocution, ni souvent des expressions bien justes. Ces auteurs ne laissoient pas de se parer du titre de Grammairien & de s'en faire honneur. Ce titre s'étendoit alors plus loin que sa véritable signification. C'étoit souvent un titre d'honneur que l'on donnoit aux Gens de Lettres, & une marque de l'eſtime que l'on faiſoit de leur ſavoir & de leur eſprit. Chrétien Druthmar, moine de Corbie en Picardie, dans le IX. ſiécle, fut ſurnommé le Grammairien, quoiqu'on ne voye pas qu'il ait écrit ſur d'autre ſujet que ſur l'Ecriture ſainte. On en trouve encore d'autres exemples. J'en dis autant du titre de Scholaſtique. Depuis le rétabliſſement des écoles ſous Charlemagne, on donna ce titre à ceux qui étoient prépoſés pour gouverner ces écoles, & pour y enſeigner. Il paroît que le Scholaſtique pouvoit être également chargé d'enſeigner tout ce que l'on comprend ſous le titre de Belles Lettres & la Théologie. Gerbert prend ſouvent ce titre dans ſes lettres & le donne à d'autres. Bernard d'Angers, qui écrivit les miracles de ſainte Foy, Martyre à Agen, & qui envoya ce récit à Fulbert Evêque de Chartres, prend le même titre. On le trouve encore dans les lettres de Loup de Ferrieres, & dans quelques autres de ce tems-là.

Chronic. Alberic. ad an. 994.

La Rhétorique que l'on enſeignoit

RHETORIQUE.

gnoit alors n'étoit pas plus parfaite que la Grammaire. Ceux qui en ont écrit dans les siécles dont il s'agit, en sentoient mieux les avantages qu'ils n'étoient capables d'en donner de bons préceptes, ou de s'en bien servir eux-mêmes. Raban dans son instruction des Clercs où il parcourt superficiellement toutes les Sciences, la regarde comme nécessaire sur-tout à un Ecclésiastique, soit pour enseigner la verité, soit pour la défendre. Il la définit l'art de bien arranger ses pensées, & de mettre ses raisonnemens dans un beau jour. Il fait un portrait assez beau & assez juste de l'éloquence & de ses effets. Mais il croit qu'il ne convient pas à un homme grave de s'y appliquer, & il en renvoie l'étude à la jeunesse. En quoi il me semble qu'il a tort, puisqu'il n'y a point d'âge où l'on ne doive s'étudier à parler bien & en bons termes. Cette erreur de Raban lui est cependant commune avec presque tous les Auteurs de ce tems-là qui ont écrit sur le même sujet, & ils étoient malheureusement trop exacts à la suivre dans la pratique. Il est vrai qu'il

De institut. Clericor. inter opera Rabani, tom. 3.

étoit bien difficile qu'ils devinſſent d'habiles Orateurs, n'ayant qu'une lecture très-ſuperficielle des bons Auteurs Grecs & Romains, & ne cherchant point à ſe former à l'éloquence par une lecture attentive & réfléchie de leurs écrits en ce genre. Si dans pluſieurs écoles on liſoit Cicéron & Quintilien, on ne faiſoit preſque qu'effleurer certains endroits de ces Auteurs, & la plus grande partie contente de cette lecture faite rapidement dans leur jeuneſſe, ſe mettoit peu en peine de la continuer dans un âge où ils euſſent pû la faire avec plus de goût & de fruit. Pour les Orateurs Grecs ils n'avoient preſque aucune connoiſſance de leurs écrits. L'étude de leur langue étoit peu commune : ceux qui en ſentoient le plus l'utilité, étoient ſouvent rebutés par les difficultés qu'ils y trouvoient ; ils ſe contentoient d'en avoir cette connoiſſance légere qui ne ſuffit pas pour goûter les écrits faits en cette langue. Or on ne lit pas volontiers ce que l'on entend trop difficilement. Gerbert qui ſe vante d'avoir lu quelques écrits de Démoſthene, ne paroît gueres avoir été plus versé que la plupart des Auteurs de son tems dans la langue de cet Orateur. Mais je trouve qu'il étoit plus Rhéteur que Raban. Il avoit dressé des tables pour faciliter l'étude de la Rhétorique & des figures de l'éloquence, & il s'en servoit pour l'instruction de ses disciples. Il parle de cet ouvrage avec quelque complaisance dans une de ses lettres. Mais ces tables n'étant point venues jusqu'à nous, on ne peut dire si sa complaisance étoit bien fondée.

Gerbert. epist. 92.

DIALECTIQUE.

De la Rhétorique, Raban passe à la Dialectique, ou à l'art de raisonner. Il dit qu'elle enseigne à enseigner, qu'elle apprend à apprendre, à découvrir les sophismes, à s'en débarrasser, & à les réfuter. On lisoit Platon & Aristote, surtout le dernier, & les ouvrages philosophiques de Boëce. Mannon qui s'étoit particulierement attaché à cette science, expliqua quelques ouvrages des deux premiers, en faveur de ceux qui l'étudioient. Mais il paroît que l'ouvrage philosophique qu'on lisoit le plus alors, au moins dans le X. siecle, étoit la

Dialectique de S. Augustin, c'est-à-dire apparemment le traité des dix catégories qui étoit attribué à ce saint Docteur dès le tems d'Alcuin. Ce fut ce traité qu'Odon, depuis Abbé de Cluni, étudia à Paris sous Remi d'Auxerre qui lui fit lire aussi le traité des arts libéraux de Marcien. M. de Launoi remarque que l'usage d'enseigner la Dialectique que je viens de nommer, avoit prévalu alors à Paris sur celui de faire étudier celle d'Aristote. Mais il ne paroit pas que l'on ait retiré beaucoup de fruit de cette étude. On trouve peu de méthode dans la plus grande partie des ouvrages de ce tems-là, peu de force & souvent peu de justesse dans les raisonnemens.

Laun. *De variâ Aristot. fortunâ.*

MATHEMATIQUES.

On voit aussi par les ouvrages de Hincmar de Reims, de Loup de Ferrieres, de Raban, de Walafride Strabon, d'Abbon, de Notker, & de beaucoup d'autres, que l'on étudioit alors les Mathématiques, mais très-superficiellement, comme tout le reste. Raban en fait consister toute la science dans l'Arithmétique, la Géométrie, la

Rab. *De instit. Cleric. & de universo.*

Musique & l'Astronomie. Il traite de chacune en particulier : mais dans ce qu'il en dit, je ne vois que des idées spéculatives qui ne rendent gueres son lecteur plus instruit. Il vante beaucoup la connoissance des nombres par cette raison que Dieu, en créant l'univers, fit tout avec ordre & proportion, & parce que le nombre de six est parfait, figurant les six jours de la création. N'est-on pas excellent Arithméticien quand on sait cela ? Il donne aussi des raisons mystiques du nombre ternaire, du septenaire, du dénaire, explications pour le moins arbitraires & qui ne rendent pas un homme plus habile quand il les sait. Je n'ai pas trouvé plus de profondeur ni de solidité dans ce que Walafride Strabon a écrit sur l'arithmétique & les dimensions. Cependant ce qu'ils ont écrit est ce qu'ils apprenoient à leurs disciples : d'où je conclus qu'ils ne pouvoient leur procurer beaucoup de lumieres. On voit bien que la plûpart avoient donné quelque application à cette science : mais peu en ont traité expressément avec une certaine étendue, au moins dans les ouvrages qui sont parvenus jusqu'à nous, & ce n'est presque que par leurs lettres que l'on connoît qu'ils n'en négligeoient pas entierement l'étude. L'Abbé Fridugise publia un traité sur le rien & les ténebres où il est entré dans bien des questions inutiles, & où il montre peu de solidité. Wandalbert écrivit sur l'horloge & les heures de chaque jour, & Florbert sur la composition du Monochorde.

Je reviens encore à Raban. Ce qu'il dit sur la Géometrie me paroît aussi peu solide que ce qu'il a écrit sur l'Arithmétique. Il n'en donne ni les régles, ni les préceptes, ni même proprement la définition. J'en dis autant de ses courtes réflexions sur la Musique. Cependant, si l'on en excepte peut-être l'Astronomie, c'étoit de toutes les parties qui ont rapport aux Mathématiques, celle qui étoit le plus cultivée. J'en ai déja donné quelques preuves. Chez les anciens on regardoit la Musique comme une partie nécessaire à l'éducation, surtout pour ceux qui devoient parler

MUSIQUE.

en public. Tous leurs écrits font foi qu'elle passoit de leur tems pour un art nécessaire aux personnes polies, & que l'on regardoit comme des gens sans éducation, & presque de la même maniere que l'on regarde aujourd'hui ceux qui ne savent pas lire, les personnes qui ignoroient la Musique. Si l'on n'en avoit pas la même idée dans le IX. & dans le X. siécle, il est certain au moins qu'on l'estimoit beaucoup, & qu'il n'y avoit presque aucune école en France où il n'y eut des maîtres pour l'enseigner, sur-tout aux Clercs & aux Moines. Saint Odon, Abbé de Cluni, l'avoit apprise de Remi d'Auxerre qui avoit pu voir des disciples d'Alcuin, & peut-être même de ces Chantres Romains qui avoient enseigné l'art du chant aux François. Aurélien, Clerc de l'Eglise de Reims vers l'an 900. n'étoit par moins versé dans la Musique que dans les lettres humaines. Si l'on en croit Trithemie, cet Aurélien adressa à Bernard, Archi-chantre, & depuis Evêque, un traité des régles des modulations que l'on appelle *Tons.* Léthaldus,

Du Bos, Reflexions sur la poësie, la peinture, &c. 2. édit.

Moine de Micy a passé aussi pour avoir été fort habile dans la Musique. Sur la fin du X. siécle il ajouta à la vie de saint Julien, premier Evêque du Mans, qu'il avoit composée, un Office, des Répons & des Antiennes, pour le jour de la Fête du Saint. Il les mit en Musique, mais sans vouloir s'éloigner entierement du chant ancien pour ne pas faire une mélodie barbare & inconnue. » Car, ajoute-t'il, je » ne sçaurois goûter la nouveauté de » certains Musiciens qui s'éloignent » en tout des anciens. » On aimoit donc alors à inventer des chants nouveaux, & Léthaldus avoit donc quelque connoissance de la Musique ancienne puisqu'il étoit en état d'en connoître la difference d'avec la nouvelle. Notker composa aussi un livre de la Musique & de la symphonie. Ruthard & Herderic d'Hirsauge, Rupert de saint Alban, Werembert de saint Gal, & plusieurs autres en laisserent des traités. On dit qu'Hucbaud sçût si bien dans le sien ajuster ce qui compose le monochorde avec les lettres de l'alphabet, qu'en lisant son ouvrage on pouvoit

pouvoit apprendre le chant sans autre secours. Il avoit aussi dressé le chant pour plusieurs Fêtes de Saints, & l'on dit qu'il étoit aussi doux que régulier. Thégan reproche à Louis le Débonnaire d'avoir été trop occupé de la Musique, ce qui l'empêchoit de s'appliquer par lui-même, comme il le devoit, aux affaires de l'État. J'ai déja remarqué qu'il y avoit des exercices pour le chant dans le Palais de nos Rois : aussi la Musique se maintint-elle avec honneur dans leur Chapelle. Le Roi Robert qui l'avoit bien appris, & qui avoit, dit-on, la voix agréable, se faisoit un plaisir de chanter lui-même à l'Office. Dans ses heures de loisir, il s'appliquoit à composer des Motets, des Répons & des Proses (a), & quand il les avoit chantés dans sa Chapelle avec ses Ecclésiastiques il en faisoit part aux Eglises de son Royaume qui les

Theg. de Gest. Ludov. imp. c. 20.

Ex chronic. brevi ap. Duchesn. t. 3. Trithem. Discipl. Eccles.

(a) On lui attribue l'Hymne, *Veni, sancte Spiritus* : les Répons *Cornelius Centurio* : *O constantia Martyrum*, que l'on chante au Commun des Martyrs : celui du jour de Noël, *Judaa & Jerusalem*, & quelques autres, dont parle Alberic dans sa chronique, sous l'an 997.

E

adoptoient. Au reste je crois que cette Musique que l'on apprenoit dans les écoles & ailleurs n'étoit pour l'ordinaire que ce que nous appelons le plein-chant. Ce fût sous le regne de Robert l'an 1028. que Guy, Moine d'Arezzo en Italie, inventa la gamme, trouva & mit en usage les six tons *ut re mi fa sol la*, par le moyen desquels on régle la maniere de chanter ; ce qui facilita beaucoup l'étude de la Musique (a). Mais je ne vois pas que son invention ait eu cours en France avant la mort du Roi Robert.

ASTRONOMIE.

L'étude de l'Astronomie étoit presque aussi commune que celle

(a) J'espere, dit-il, dans une lettre à un de ses amis que ceux qui viendront après nous, prieront Dieu pour nous, quand ils verront qu'ils savent en moins d'un an, ce qu'ils ne savoient pas au bout de dix. Guy intitula son livre de Musique *Micrologue*. Il composa aussi des Antiphoniers qui furent très-utiles pour les Eglises où on les introduisit.

Le Pape Jean XIX. en fut si surpris que pour en faire l'épreuve, il voulut apprendre de lui-même un Verset qu'il n'avoit jamais entendu chanter, & le succès le convainquit de l'utilité du travail de Guy.

de la Musique. On croyoit qu'elle étoit devenue nécessaire à l'Eglise, depuis que le Concile de Nicée avoit fixé la fête de Pâques à un jour qui dépend du cours de la Lune. Cependant on avoit beaucoup négligé cette étude. On la fit un peu revivre sous Charlemagne: mais l'on se borna à une connoissance assez superficielle, qui n'augmenta guéres sous ses successeurs. On se contenta presque de la science du *Comput*, c'est-à-dire de savoir la supputation des tems selon le cours du Soleil & de la Lune, parce que de cette connoissance dépend celle des Cycles de dix-neuf ans, des Epactes, du Bissexte, du sault de la Lune, des Calendes, des Ides, & sur-tout du tems de Pâque. Cette étude étoit expressément recommandée aux Ecclésiastiques: A commencer au regne de Charlemagne jusqu'à la fin du X. siécle, on fit beaucoup de loix pour les obliger à s'y appliquer, & l'on en donnoit des leçons dans les écoles. Les Evêques dans leurs Statuts mettoient cette connoissance entre celles qui étoient nécessaires au Clergé, &

nos Rois ne la recommandoient pas moins dans leurs Capitulaires : aussi fit-on plusieurs écrits sur ce sujet. Celui de Raban, le premier que je connoisse depuis Charlemagne, est de l'an 820. il est écrit en forme de dialogue entre l'auteur & Machaire ou Marchaire son disciple. Dans quelques manuscrits il est intitulé, livre d'Astrologie. Raban y parle de la science des nombres, comme d'une connoissance sublime. Cependant il ne dit rien lui-même que d'assez commun : mais c'étoit beaucoup pour son tems. Dans un traité assez court, il parle des espéces différentes des nombres; du tems & de ses divisions; des mois des Hébreux, des Egyptiens & des Romains; des Calendes, des Ides & des Nones; des Planetes & de leur cours; des douze signes du Zodiaque; de la grandeur, de la nature & des effets du Soleil & de la Lune; de la nature du Ciel; des Cométes, &c. Outre les noms & les définitions des choses, il en donne une courte explication, assez claire pour l'ordinaire. Mais ses définitions ne s'accordent pas toujours

Baluz. Miscell. tom. 1.

avec celles de nos Astronomes modernes, qui ont acquis bien d'autres lumieres depuis lui. Il parle exactement des Eclipses & de plusieurs autres Phénomenes, dont on n'avoit que des idées confuses, sous Charlemagne. On voit par presque tous les Annalistes du IX. & du X. siécle, que l'on observoit assez soigneusement ces différens Phénomenes : mais on en connoissoit peu la nature & la cause. De-là vient l'effroi qui saisissoit ceux qui les examinoient, & les vains présages qu'ils en tiroient. On croit que ce qu'ils nommoient *Acies*, des armées en bataille, n'étoit autre chose que la *lumiere Boréale*, si bien expliquée par nos Astronomes modernes. Il paroit que Raban plaçoit le sault de la Lune à la fin du mois de Juillet de la dix-neuviéme année du Cycle ; quoiqu'au fond, il semble qu'il n'ose décider ; ce que l'on peut autant regarder comme un effet de la crainte qu'il avoit d'induire en erreur, que du peu de profondeur de ses connoissances sur cette matiére. Gerbert ne recherchoit pas avec moins d'ardeur les écrits faits sur la

Gerbert. Epist. 24.

matiere traitée par Raban. Dans une de ses lettres, il demande avec empressement, celui qu'un certain Lupitus de Barcelone avoit traduit, on ne sait de quel auteur. Il se plaisoit à lire le Poëte Manilius. Il avoit fait aussi une Sphere, ce qui lui avoit couté, dit-il, beaucoup de soin & de peine. Il avoit lû avec attention tout ce que Boëce avoit écrit sur l'Astrologie, & sur quelques autres parties des Mathématiques; & il faisoit beaucoup de cas des écrits de cet auteur sur ce sujet: aussi n'en avoit-on guéres de meilleur alors. Dans sa lettre 144. à l'Empereur Othon III. il recommande à ce Prince l'étude de la science des nombres, & l'on voit par une autre de ses lettres, qu'il avoit lui-même tant de goût & d'ardeur pour cette étude, qu'il s'affligeoit quand ses autres occupations l'empêchoient de s'y appliquer, de même qu'à la Géometrie. Il avoit composé un traité de la division des Nombres, qui n'est pas venu jusqu'à nous, & quelque chose sur l'Astrolabe. Nous ne connoissons point d'auteur plus ancien que lui

Gerbert Epist. 148.

Id. Epist. 160.

Dithmari Chronic. l. 6. pag. 399. edit. Leibnit.

à qui l'on puiſſe attribuer l'invention des Horloges à roüe (a) : avant ce tems-là on ne connoiſſoit l'heure que par les Sciotériques & par les Clepſydres. Gerbert, comme on le voit par ſes lettres, avoit encore fabriqué divers inſtrumens curieux, entr'autres des Orgues Hydrauliques. Ces connoiſſances paſſoient alors pour des prodiges : ce qui a donné lieu au Cardinal Bennon dans ſa vie d'Hildebrand, & à d'autres, de traiter Gerbert de magicien (b). Ils ajoutent qu'il avoit fait un voyage exprès en Eſpagne, pour y apprendre ces ſciences des Sarraſins, qui paſſoient pour y être habiles. Le voyage eſt réel, le motif ne l'eſt pas. Quelques modernes ont encheri en diſant que Gerbert s'étoit donné au démon pour faire de grands progrès dans les mêmes ſciences : fable auſſi ridicule qu'ab-

Caſim. Oudin in Comment. de Script. Eccleſ. Frider. Spanheim Epitom. ad Hiſtor. &

(a) Marlot dans ſa Métropole de Reims, t. 2. pour faire ſentir le prodige de cet ouvrage, dit : *Admirabile Horologium fabricavit per inſtrumentum diabolicâ arte inventum.*

(b) C'étoit une accuſation aſſez commune en ce tems-là, comme Franc. de Roye le prouve dans ſa vie de Bérenger, écrite en latin, pag. 18. & ſuiv.

Antiq. Sacr. Lugd. Batav. 1675. p. 614. & alii.

Voyez encore Alberic dans sa Chronique sous l'an 998. où il raconte à peu près les mêmes fables.

surde. Abbon qui avoit assez bien approfondi une partie de ces connoissances, fut mieux traité. Il a été fort loué, même par ses contemporains, de ce qu'il s'y étoit appliqué. Il avoit composé un commentaire sur le Cycle Paschal de Victorius, & quelques traités de Dialectique & d'Astronomie, que nous n'avons plus. Le savant Muratori a publié dans le troisiéme tome de ses pieces Anecdotes, tirées de la Bibliothéque Ambroisienne, un traité fort étendu sur le Comput, écrit dans le IX. siécle. On en ignore l'auteur. Cet ouvrage est plus détaillé que celui de Raban : mais il est défiguré par un grand nombre de fautes contre la Grammaire & l'ortographe, qui dégoutent le lecteur. Ce qu'il a d'estimable, c'est qu'on y trouve plusieurs remarques & réflexions utiles, que je n'ai vû ni dans Bede, ni dans Raban, ni dans aucun autre écrivain de ce tems-là. L'Auteur, à ce qu'il paroît, ne manquoit pas d'une certaine érudition : mais il étoit excessivement crédule, comme les fables qu'il débite sérieusement en ſont foi. Cette crédulité n'étoit pas un vice qui lui fût particulier. C'étoit, par exemple, une erreur aſſez commune alors en France, & qui a ſubſiſté long-tems depuis, de croire que les cometes ou les éclipſes préſageoient quelque malheur, comme la peſte, le renverſement d'un État, la mort d'un Grand, &c. C'eſt ce qui paroît par l'écrit de Dungal à Charlemagne touchant l'éclipſe de l'an 810. & par un grand nombre d'endroits de la plûpart de nos Annaliſtes du tems. C'eſt ce que l'on voit encore par l'inquiétude que Louis le Débonnaire eut au ſujet de la comete qui parut aux Fêtes de Pâque de l'an 837. dans le ſigne de la Vierge. L'embarras que ſon Aſtronome qu'il conſulta, montra dans ſes réponſes, & la crainte de quelque évenement funeſte, porterent le Prince à paſſer la nuit en prieres, à diſtribuer le lendemain de grandes aumônes, & à faire dire le plus de Meſſes qu'il pût. Raban étoit dans la même erreur, comme on le voit par un endroit de ſon traité du Comput où il ſe fait preſque un mérite de ſa ſuperſtition.

Joan. Georg. Grævii orat. de cometis contra vulgi opinionem, &c. inter orat. Græv. 4.

Vita Ludov. pii ſcriptore aſtron. circà finem.

J'ai remarqué la même simplicité & la même ignorance presque à chaque page des annales de France publiées par M. Pithou (a), & dans quantité d'endroits des autres Historiens du IX. & du X. siécle. Je trouve beaucoup plus de sagesse & de lumiere dans le *Traité des erreurs populaires sur la cause du tonnerre*, imprimé dans la Bibliothéque des Peres sous le nom d'Agobard, mais que je crois être aussi en partie de Florus de Lyon (b) & il est éton-

(a) L'Auteur remarque entr'autres que le 15. des Calendes de Février, c'est-à-dire le 18. de Janvier, de l'an 882. il parut à une heure après minuit une comete chevelue qui présageoit le malheur qui, dit-il, arriva très-peu de tems après *, par la mort de Louis le Germanique. Cette mort arriva, selon lui, le 13. des Calendes de Décembre. Mais il se trompe. Outre qu'en ce cas, il n'eut pas dû dire, ce semble, qu'elle arriva très-peu de tems après, *citò*; il est certain que Louis mourut le 20. de Janvier de la même année, deux jours après l'apparition de ce phénomene. Ceux qui ont voulu substituer le 13. des Calendes de Septembre au 15. des Calendes de Février, se sont aussi trompés.

Christii noctes academicæ, p. 301.

(b) Dans les manuscrits ce traité porte en effet les noms d'Agobard & de Florus.

* Rem infaustam quæ citò secuta est, suâ apparitione demonstrans.

nant que l'on ait si peu profité en ce tems-là de la critique qui regne dans cet écrit.

Un autre inconvénient qui vint de l'étude trop superficielle de l'Astronomie, ou de la trop grande crédulité de ceux qui l'étudioient, c'est qu'il y en eut beaucoup qui donnerent dans les réveries de l'Astrologie judiciaire si en vogue sous Louis le Débonnaire, Prince timide & superstitieux. Il avoit toujours un Astrologue à sa suite, qui demeuroit dans son palais, & qui l'accompagnoit dans ses voyages : c'est lui qui a écrit la vie de ce Prince que nous avons encore, & dans laquelle il paroît pour l'ordinaire un homme d'assez bon sens, excepté lorsqu'il veut parler de la science dont il faisoit profession. A l'imitation du Roi, il n'y eut presque point de grand Seigneur qui n'eut chez lui un Astrologue pour régler sa conduite sur ses prédictions. Adalme, avant que de devenir Abbé de Castres, perdit beaucoup de tems à cette science aussi vaine que dangereuse.

Gall. Christ nov. edit. t. 1. pag. 63.

MEDECINE.

Il eût été beaucoup plus utile de s'appliquer à l'étude de la Medecine dont la vraie connoissance est si nécessaire pour la conservation du corps, & qui influe même sur celle de l'esprit par l'union étroite que Dieu a mise entre ces deux substances. Charlemagne avoit rétabli cette étude les dernieres années de son regne. Mais on n'y fit pas de grands progrès, & je ne vois point qu'ils aient augmentés sous ses successeurs. On lisoit cependant Hyppocrate & Pline, & peut-être quelques traités de Galien. Mais personne n'étoit chargé de faire des leçons sur cette science, & je ne crois pas que l'on ait rien écrit qui la concerne. Je parle au moins de traités en forme qui pussent être utiles & guider ceux qui s'occupoient de l'exercice de la Médecine. On trouve seulement quelques Moines (a) & quelques Ecclésiastiques qui en avoient fait

(a) Dans la suite il y eut un bien plus grand nombre de Moines qui étudierent la Médecine & qui l'exercerent : mais comme c'étoit pour eux un prétexte de sortir souvent de leur Cloître, le Concile de Tours, sous le Pape Alexandre III. défendit expressément tout exercice de la Médecine à ceux qui auroient fait profession.

une étude plus particuliere, & que l'on consultoit volontiers. Didon, Abbé de saint Pierre le Vif à Sens, du tems de Loup de Ferrieres, & Sigoalde, Abbé d'Epternac, puis Evêque de Spolette, sont loués pour s'y être rendus habiles. Le Médecin de Charles le Chauve étoit un Juif nommé Sédécias; ce qui fait croire que la Médecine étoit principalement exercée alors par les Juifs. On voit par plusieurs lettres de Fulbert, Evêque de Chartres, que ce Prélat en étoit fort instruit, & qu'il donnoit aux malades des médicamens qu'il composoit lui-même: mais il dit qu'il cessa d'en composer depuis qu'il fut élevé à l'Episcopat. C'étoit, sans doute, parce qu'il n'en avoit plus le tems: car je ne vois pas que cela fut contraire aux devoirs de son état, dans un tems sur-tout où il y en avoit si peu qui fussent capables de rendre ce service aux autres, ou qui le voulussent. Je ne dis rien de la Géographie: l'ignorance de cette science étoit trop profonde alors.

Lup. Ferrar. epist. 60. & 71.

Felib. hist. de l'Abb. de S. Den. l. 2.

PEINTURE.

La Peinture, la Sculpture & l'Architecture n'étoient guéres plus florissantes. On ne peut douter qu'il n'y eut des Peintres en Italie dès le IX. siécle. On voit encore à Rome des monumens de ce tems-là, entr'autres une representation de Charlemagne dans les vestiges du *Triclinium* bâti par le Pape Leon III. près de saint Jean de Latran. Ces Peintures sont en Mosaïque, mais il est plus que probable qu'elles viennent de la main des Grecs. Vasari dit en effet que jusqu'à Cimabué qui vivoit en 1260. la Peinture n'avoit été exercée que par des Grecs en Italie, & que ce furent eux qui l'enseignerent à ce dernier. Il est à présumer qu'il en étoit de même en France, & que nous n'étions pas mieux partagés de ce côté-là que les Italiens. Charlemagne avoit enrichi de Peintures & de marbres l'Eglise qu'il avoit fait bâtir à Aix; mais il avoit fait venir ces marbres de Rome & de Ravenne, & il y a toute apparence que pour exécuter ces Peintures il avoit appelé aussi des ouvriers Grecs. Les successeurs de Charlemagne n'eurent pas plus de secours. Dans un écrit qui est à peu près du tems de Charles le Chauve,

Alemanni dissert. de Lateran. pariet. p. 6.

B. Pez anecdot. tom. 1. pag. 644. 645. Ibid. part. 3. pag. 574. 598. 599. & pag. 566. 567.

on lit qu'il y avoit au Monaſtere de Richenow *d'excellens Peintres* dont quelques-uns furent appelés à ſaint Gal pour décorer la maiſon Abbatiale bâtie pour l'Abbé Grimalde. Tutilon, Moine du même Monaſtere de ſaint Gal, eſt loué auſſi pour avoir, dit-on, *excellé* dans la Peinture, de même que dans l'art de toucher toute ſorte d'inſtrumens. Flodoard dans la deſcription qu'il fait de l'Egliſe de Reims dont le bâtiment avoit été achevé par les ſoins de Hincmar, dit auſſi qu'il y avoit dans l'intérieur beaucoup de Peintures qu'il qualifie de *belles*, & auſquelles il prodigue ſes éloges. Mais ni cet Hiſtorien, ni les autres Ecrivains de ce tems-là qui ont parlé de cet art, n'en ſavoient pas aſſez eux-mêmes pour en bien juger. La Barbarie avoit tellement fait diſparoître le bon goût, que les Grecs même qui avoient devant les yeux tout ce que l'antiquité avoit produit de plus admirable, & que l'on avoit tranſporté à Conſtantinople, n'en ſavoient pas profiter. Un goût ſec & barbare, entierement éloigné de la nature, étoit devenu le leur, &

Flodoart, hiſt. Eccl. Rem. l. 3. c. 6.

par une ſuite preſque néceſſaire le goût de toute l'Europe, & celui que l'on ſuivoit en France. Il s'étoit cependant formé dans ce Royaume un nombre de Peintres en miniature. Avec le goût des études qui s'étoit ranimé ſous Charlemagne, on avoit repris auſſi celui de renouveler les manuſcrits, & on les ornoit le plus ſouvent, ſur-tout dans les premieres pages, de quelques ſujets peints en miniature. C'étoient des Moines qui tranſcrivoient ces manuſcrits, & c'étoient eux auſſi qui peignoient. Syntramne, moine de ſaint Gal, ſe diſtingua par ce talent. Outre qu'il écrivoit en fort beaux caractéres, il ornoit auſſi de peintures tous les manuſcrits qui ſortoient de ſes mains, & qui ont été en grand nombre (a). Mais ſi l'on juge de ces Peintures par celle du manuſcrit de la Bible dont les moines de ſaint Martin de Metz fi-

(a) C'étoit le plus fameux Copiſte de ſon tems : outre les manuſcrits qu'il avoit copiés pour ſon Monaſtere, il n'y avoit preſque aucun lieu célébre dans cette ancienne partie de la Monarchie Françoiſe, où l'on n'en trouvât pluſieurs de ſa main.

rent present à Charles le Chauve, il faut dire que ces Peintres étoient fort ignorans. Outre qu'ils n'avoient pas les moindres principes du dessein, à peine connoissoient-ils l'art d'employer les couleurs. Il y a lieu de croire cependant qu'un ouvrage destiné pour un Empereur, devoit avoir été fait par les plus habiles hommes de son tems. Ces miniatures ne sont estimables que parce qu'elles nous conservent la forme de quelques habillemens & de quelques ornemens. On voit par Flodoard & par plusieurs autres Historiens de son tems que l'on peignoit sur le verre, & que la plûpart des vitres des Eglises étoient peintes. Cet art étoit propre aux François. Du tems de saint Louis on a fait de bons ouvrages en ce genre pour la beauté de l'apprêt : & lorsque les beaux arts reprirent vigueur en Italie, on fut obligé de faire venir de France des Peintres sur verre. Charles le Chauve étoit curieux de belles choses. Je ne sai d'où il pouvoit avoir eu ce beau vase d'agathe sardoine orientale que l'on voit au trésor de S. Denys; mais on ne lui a pas moins

Felib. hist. de l'Abb. de S. Denys. pag. 545.

l'obligation de nous avoir conservé ce morceau, l'un des plus prétieux monumens de l'antiquité profane. Il le fit monter sur un pied orné de pierreries, & l'inscription qu'il y fit mettre nous apprend que le present venoit de lui;

Hoc vas, Christe, tibi mente dicavit
Tertius in Francos regmine Karlus.

D'autres veulent que ce present fut fait par Charles le Simple : mais ce n'est pas ici le lieu d'examiner ce fait.

Architecture.

L'Orfévrerie étoit aussi cultivée en France en ce tems-là, & même avec assez de soin : ce qui fait croire que l'on y cultivoit aussi la Sculpture : ces deux arts ayant une très-grande affinité. Ceux qui ont loué Tutilon, moine de saint Gal, disent qu'il étoit habile dans la Sculpture. Cet art étoit d'autant plus nécessaire alors que l'on étoit fort dans le goût en ce tems-là de bâtir, surtout des Eglises; & que l'on n'y épargnoit ni les ornemens ni les statues. Les Architectes qui conduisoient ces bâtimens étoient fort au fait de la construction. Ils bâtissoient avec beaucop de ſolidité : ils ſavoient parfaitement faire choix de bons matériaux ; mais ils étoient très-ignorans ſur les proportions. On a cependant des preuves qu'on liſoit Vitruve, mais il y a lieu de croire qu'on ne l'entendoit pas, & qu'on le ſuivoit encore moins. D'ailleurs il y avoit long-tems que les figures dont ſon texte devoit être accompagné manquoient ; & tout ouvrage de cette nature denué de figures, ſur-tout celui-la, devoit être inintelligible à des gens qui n'avoient pas aſſez de capacité pour y ſuppléer. On n'obſervoit donc point alors d'ordre d'Architecture dans les bâtimens : l'on étoit plus attentif à les rendre merveilleux par la difficulté de la conſtruction que par l'élégance & le rapport des proportions.

POESIE.

La Poëſie étoit le goût general, ou plûtôt la paſſion dominante des ſiécles dont je parle. Tous ceux qui s'appliquoient à quelque genre de litterature, s'en mêloient. Les Poëſies qui nous en reſtent ſont preſque ſans nombre, & les Bibliothéques en conſervent peut-être plus encore qui ſont demeurées manuſcrites ; ſans compter celles qui ſont perdues. On n'a qu'une partie des Poëſies de Bernowin, Evêque de Clermont, d'Héric d'Auxerre, de Milon d'Elnone, qui a fait un Poëme de la ſobrieté, qu'il dédia à Charles le Chauve, & pluſieurs ouvrages en proſe, d'Hucbaud, Religieux du même Monaſtere, de Michon de Centule ou ſaint Riquier, de Jean Scot, de Candide, d'Abbon, de Gotheſcalk, de Ruthard, de Rudolfe de Fulde, & de pluſieurs autres. Almanne avoit compoſé quatre livres en vers ſur les ravages des Normans, Florbert cinq autres en vers élégiaques contre les mêmes incurſions, Werembert un art poëtique en deux livres, &c. Ces écrits ne nous ont point été conſervés, ou ſont encore enſevelis dans quelques Bibliothéques. Entre ceux qui nous reſtent, il y en a ſur preſque toute ſorte de ſujets. Le Moine Hucbaud étant à Nevers compoſa à la priere de l'Evêque de cette Ville la vie de ſainte Célinie, mere de ſaint Remi. Entre ſes autres Poëſies on trouve un poëme ſur

Barthii ad. Verſar. l. 46. c. 21.

les Chauves qu'il adreſſa au Roi Charles, ſurnommé le Chauve. Il eſt en 300. vers dont tous les mots commencent par la lettre c. Bagatelle difficile qui ne valoit pas la peine que l'Auteur ſe mît en frais pour l'exécuter. Outre les Poëſies d'Alcuin & de Théodulfe dont pluſieurs ont été faites dans le IX. ſiécle; combien ne nous en reſte-t-il pas encore de Raban, du Diacre Flore, de Walafrid Strabon, de Paſchaſe Radbert, de Wandalbert, de Candide, & de beaucoup d'autres? Les deux livres de Raban en l'honneur de la Croix, dont le premier eſt en vers avec différentes figures, où l'Auteur a inſeré des vers qui étant lus par différens côtés forment divers ſens qui conviennent néanmoins à chacune de ces figures, ont paſſé de ſon tems, & depuis, pour une merveille: mais je n'y vois rien de plus digne d'admiration que la dévotion de l'Auteur pour la Croix, & la patience dont il a eu beſoin pour ſoûtenir un travail auſſi pénible qu'infructueux. Pluſieurs Annaliſtes écrivoient auſſi leurs annales en vers, & pluſieurs

Monach. Sangall.

Odil. ſerm. de laude S. Crucis. Anal. Franc. a Pith. edit. ad an. 844.

Hiſtoriens les hiſtoires generales ou particulieres qu'ils compoſoient. Les Copiſtes même ne tranſcrivoient preſque point de livre qu'ils ne miſſent des vers de leur façon au commencement ou à la fin. On en trouve plus de 300. élégiaques à la loüange des ſaints livres & de Charles le Chauve à la tête de l'exemplaire de la Bible dont j'ai parlé plus haut. Il y a un grand nombre d'autres exemples ſemblables. Cette eſpece de fureur Poëtique alla juſqu'à s'introduire dans de ſimples diplomes. On trouve entre autres une Charte de l'an 835. au bas de laquelle on lit trois vers héxametres qu'un nommé Rotmaire y a mis pour apprendre à la poſterité que l'on s'étoit ſervi de ſa main en cette occaſion. Ce fait n'étoit-il pas bien important ?

Gall. Chriſt. nov. edit. t. 1. in append. pag. 74.

Mais quelle Poëſie que celle de ce tems-là ! Preſque tout ce qui nous en reſte eſt plein de fautes contre la Proſodie. Les licences y ſont très fréquentes : les expreſſions en ſont dures & plattes. Il eſt ordinaire d'y trouver des ſyllabes longues pour des brèves, des brèves pour des longues, des retranchemens, des changemens de lettres, des tméſes ou diviſions d'un mot en deux. On n'y compte ſouvent pour rien les éliſions. Avec de tels défauts, l'on n'eſt pas ſurpris de n'y trouver que fort rarement de ces beautés qu'exige la poëſie; de n'y rencontrer preſque point de ce feu, de cette élévation, de cette nobleſſe que l'on voit dans les bons Poëtes, qui caractériſent leurs ouvrages & qui les font aimer. Auſſi faut-il convenir que ce qu'il y a de moindre dans les écrivains du IX. & du X. ſiécle, c'eſt leur poëſie. Leurs vers ne ſont pour l'ordinaire que de la proſe méſurée, ſouvent plus rampante qu'une mauvaiſe proſe, à cauſe de la contrainte de la verſification. Qu'on liſe entr'autres l'Epitaphe de Charlemagne par Agobard : jamais matiere ne préſenta un plus noble objet : l'exécution n'y répond nullement. Cependant comme un talent, même au-deſſous du médiocre, pour la poëſie, étoit alors fort eſtimé, la plûpart de ceux qui le cultivoient, étoient recherchés par ce qu'il y avoit de plus diſtingué. On le voit en particulier par Walafride Strabon, dont l'Empereur Louis & l'Imperatrice Judith reçurent avec beaucoup de joie & de reconnoiſſance quelques vers qu'il leur adreſſa, & dont on ſoutient à peine la lecture aujourd'hui.

Gerb. Epiſt. 153. Je ne ſçai ſi ce fut ce motif qui engagea Gerbert à vouloir joindre la qualité de Poëte à celles qui le faiſoient eſtimer. Il dit dans une de ſes lettres : Je n'ai jamais composé de vers ; maintenant j'y prends goût & tant qu'il me durera, je vous envoierai autant de vers qu'il y a d'hommes diſtingués en France. Il eût mieux fait de ne pas commencer : il eſt plus ſage de ne point faire de vers que d'en faire de mauvais. La poëſie de Gerbert eſt encore inférieure à ſa proſe, qui eſt ſouvent obſcure, & où l'on trouve peu d'élégance, quoique l'on voye bien qu'il ne manquoit ni de vivacité ni d'énergie. Ce que je dis au reſte des poëſies de ce tems-là, n'empêche pas que l'on ne trouve dans pluſieurs pieces quelque feu, du génie même : comme dans pluſieurs

ieurs de celles de Théodulfe, de Raban, de Flore, de Walafride Strabon, & dans quelques autres. On en trouve auſſi dans le poëme qu'un anonyme a fait à la louange le Charlemagne, & qui a été publié depuis peu.

In Ampliſſ. Collect. D. Marten. t. 6. pag. 811. & 812.

Les Poëtes des ſiécles dont il s'agit ne connoiſſoient preſque que les vers Héxametres & les Pentametres, qui demandent moins de travail. On voit rarement chez eux les Poëſies d'une autre ſorte. Je dis rarement : car il y a, par exemple, quelques Hymnes de Loup de Ferriere & quelques piéces de Wandalbert en vers Iambes & en vers Saphiques. Peut-être auroit-on pû remedier, au moins en partie, à l'inobſervation des regles de la poëſie, ſi communément violées par ces auteurs, ſi l'on eût eu autant de ſoin d'écrire ſur la poëtique que de faire des vers. Mais je ne vois point que l'on ſe ſoit aviſé d'écrire ſur ce ſujet. Sans doute que l'on ſe contentoit d'en parler de vive voix & d'une maniere vague ; je ne connois ſur l'art Poëtique que ce que Werembert en a écrit en deux livres, que nous n'avons plus.

Dès le IX. siécle, & peut-être plûtôt, l'on commença, sinon à introduire, du moins à établir l'usage d'une autre poësie différente de celle des Grecs & des Romains. C'étoit une poësie rimée qui ne se mesuroit point par des pieds composés de syllabes longues & bréves, mais simplement par le nombre des syllabes. Cet usage s'établit d'abord dans la langue Tudesque ou Théotisque, qui est la langue Germanique ou Allemande. Ce fut en ces vers rimés que le Prêtre Sigefroi mit le Nouveau Testament à la priere de Walthon, Evêque de Frisingue. On n'a qu'une partie de la préface de cet ouvrage. Vers l'an 870. Otfroi ou Otfride, moine de Weissembourg en Alsace, fit aussi quelques ouvrages en vers Théotisques rimés, entr'autres une paraphrase sur les IV. Evangiles en cinq livres : c'est proprement une histoire Evangelique, où l'auteur a mêlé quelques fables (a). J'ignore si l'on

Pasq. Recherch. l. 6. c. 3.

Fauchet, Poët. Franc. Schilteri Thesaur. Antiquit. Teuton. s. 1.

(a) Il dit, par exemple, que lorsque l'Ange vint annoncer à Marie qu'elle seroit Mere de Dieu, il la trouva tenant d'une

fit aussi des vers rimés dans l'autre main le livre des Pseaumes & filant de l'autre. Trithême dans ses Ecrivains Eccles. a fait des differentes parties de cet ouvrage, autant d'opuscules différens. M. Du Pin dans sa Biblioth. Eccles. du IX. siécle montre aussi qu'il n'avoit point vû cet ouvrage, puisqu'il dit qu'il n'étoit point encore imprimé. On en avoit cependant une édition donnée depuis long-tems par Flaccius Illyricus, mais d'une maniere fort défectueuse, ce qui a engagé le savant Schilter à en donner une plus complette & plus exacte. Elle est dans le 1. tome du *Thesaurus Antiquitatum Teutonicarum*. Plusieurs critiques donnent encore à Otfroi une traduction paraphrasée des Pseaumes, & prétendent qu'elle étoit de même en vers Tudesques rimés. Mais 1°. cette traduction est en prose Tudesque. 2°. Elle est de Notker, surnommé Labeon, à cause, dit-on, de l'épaisseur de ses lévres. C'étoit un moine de S. Gal, qui est mort l'an 1022. Voyez la Dissert. crit. & histor. de M. Franckius, sur ce Pseautier, dans le t. 1. des Antiquités Teutoniques de Schilter où ce Pseautier est imprimé. Otfroi n'écrivoit pas mal en latin pour son siécle: on voit qu'il avoit lû les Poëtes Latins: il cite plusieurs fois Virgile, Ovide, Lucain. Il emploie aussi les autorités des Peres, surtout de saint Augustin & de saint Gregoire. Sa paraphrase des IV. Evangiles est précédée de trois Préfaces ou Epîtres Dédicatoires: la premiere en vers Tudesques rimés, à Louis I. Germanique, fils de Louis le Pieux, frere de l'Empereur Lothaire &

langue vulgaire que l'on parloit dans l'Empire François, & que l'on nommoit le Roman ou la langue Romance. Je ne connois aucune piéce de ce tems-là où l'on ait employé cette espéce de vers.

Ce seroit peut-être ici le lieu de m'étendre sur ces deux langues vulgaires que l'on parloit alors dans l'étenduë de l'Empire François; mais je serois trop long; je me borne à quelques réflexions.

CHANGEMENT DE LANGUE.

Il paroit que la langue Latine n'étoit plus vulgaire, c'est-à-dire, que le peuple ne la parloit plus, & ne l'entendoit plus même communément au commencement du IX. siécle. Je me fonde sur le canon XVII. du Concile de Tours, tenu l'an 813. peu de tems avant la mort de Charlemagne. Les Peres de cette Assemblée ordonnent que chaque Evêque aura un corps ou recueil

Maan, Metrop. Turon. 2. part. p. 30.

de Charles le Chauve. La seconde en prose à Liutbert Evêque de Mayence, qui siegea depuis l'an 863. jusqu'en 889. La troisiéme en vers Tudesques, à Salomon, deuxiéme du nom, Evêque de Constance. Dans sa lettre à Liutbert, Otfroi dit qu'il avoit été élevé sous Raban.

d'homélies ou sermons qui contiendra les avis nécessaires pour instruire leur peuple, & que chacun aura soin de traduire clairement ces homélies en langue Rustique Romaine ou en langue Tudesque, afin que le peuple puisse facilement comprendre ce qu'on lui enseignera. Juste Lipse dans une de ses lettres, conclud de ce Canon que la langue Tudesque étoit celle des personnes nobles & distinguées, & que le petit peuple & le paysan parloient cette langue Romaine corrompue, d'où est venue notre langue Françoise. Mais je crois que ce savant s'est trompé. Il n'a pas fait attention à trois faits qui me paroissent certains. Le premier, que la langue Romance ou Romaine étoit appellée Rustique, parce qu'elle avoit succedé à la langue Latine, que l'on avoit parlé communément en France depuis les Empereurs, & qui étoit devenue rustique par la corruption & la barbarie qui l'avoient défigurée : ensorte que quoiqu'elle fût encore une émanation de cette langue, ce n'étoit plus qu'une émanation monstrueuse & toute cor-

Centur. 3. ad Belg. Epist. 44.

rompuë, qui ne se reconnoissoit presque plus que par le caractere de ses idiomes. Le deuxiéme que cette langue Romaine rustique étoit la langue naturelle de tous les peuples des Gaules, des grands comme des petits, des Evêques même puisqu'ils devoient savoir la langue de leur peuple. Nous avons un fait mémorable dans notre histoire qui confirme cette vérité. L'an 843. Charles le Chauve & Louis de Baviere, son frere, voulant renouveller leur alliance en présence de leurs armées, Charles harangua en langue Romance, & Louis prêta serment en la même langue, afin que ceux de l'armée de Charles l'entendissent, de même que Charles prêta serment en langue Tudesque afin de pouvoir être entendu de ceux qui étoient avec son frére Louis. Le troisiéme fait est que le Concile de Tours n'étoit pas assemblé pour cette province seulement, ni même pour la Gaule seule, mais pour tous les Etats de Charlemagne, qui fit assembler cinq Conciles en même-tems. Cela supposé, voici tout ce que veut dire, selon moi, le Ca-

Du Chesne t. 2. p. 374. & suiv. Nithard. Histor. l. 3. circa finem.

Pasquier, Recherch. l. 7. c. 1.

non dix-septiéme du Concile de Tours: que les Evêques ayent soin de traduire clairement des homelies pour instruire le peuple; ceux qui sont dans les Gaules en langue Romaine; ceux qui sont au-delà du Rhin, ou en Germanie, en langue Tudesque. C'est ainsi que ce Canon a été entendu par le Concile de Mayence, qui le renouvella en 847. Ce que Paschase Radbert rapporte de saint Adélard, Abbé de Corbie, mort en 826. confirme encore cette explication. Paschase loue cet Abbé de ce qu'il parloit parfaitement les trois langues, la Vulgaire, la Barbare ou Tudesque, & la Latine. La Vulgaire est donc celle que les Peres du Concile de Tours nomment Rustique ou Romaine. Ce qui montre qu'on ne peut entendre autrement ce qu'on lit dans la vie de saint Adélard, c'est que dans l'abrégé qui en fut fait dans le XI. siécle par saint Gérard, religieux de Corbie, les paroles de Paschase sont ainsi expliquées: *Qui, si vulgari, id est Romanâ linguâ loqueretur, omnium aliarum putaretur inscius ... si vero Teutonicâ, enitebat perfectiùs: si Latinâ,*

Du Cange præfat. ad Glossar. med. & inf. Latin.

D. Liron, singular. hist. & litt. n. 4.

Mabill. præf. in tom. 3. oper. S. Bern.

in nullâ omnino absolutiùs. La langue Rustique Romaine étoit donc dès le tems du Concile de Tours la langue maternelle des peuples de la Gaule. On trouve aussi qu'avant le milieu du IX. siécle, Louis le Débonnaire fit traduire l'Ancien & le Nouveau Testament en vers Tudesques, afin que ceux de ses sujets qui parloient cette langue, & qui ne savoient pas la Latine, pussent avoir connoissance de l'Histoire Sainte. La langue Latine n'étoit donc plus dès lors la langue vulgaire. Ce Prince lui-même est loué de ce qu'il parloit le Latin *comme sa langue naturelle* (a). Le Latin étoit donc déja étranger, & il falloit l'apprendre pour le savoir, ce qui n'eût pas été nécessaire s'il eût encore été vulgaire (b).

Chron. Flodoard. ad an. 948.

(a) Latinam linguam sicut naturalem *æqualiter* loqui poterat. *Thegan. de gest. Lud. Imper. cap.* 19.

(b) Il y en a qui prétendent que le Latin étoit encore vulgaire au XII. siécle, & qui se fondent sur ce que les sermons de saint Bernard sont écrits en cette langue. Mais le P. Mabillon prouve fort bien dans la préface du t. 3. édit. *in-fol.* des œuvres de ce Saint, que celui-ci ne parloit en Latin qu'à

Plusieurs auteurs de ce tems-là, & particulierement ceux qui étoient venus de Germanie s'habituer dans nos Provinces, se contenterent d'une espéce, pour ainsi-dire, de demi-latin, & de mettre des terminaisons & des inflexions latines à une infinité de mots Allemands, qu'ils étoient obligés de substituer à la place de ceux qu'ils ne savoient pas en latin. Ce mélange gâta même quelques Ecclésiastiques, quoique ceux-ci sussent tous ou presque tous le Latin, plus ou moins exactement, & que cette langue fût encore aussi celle des actes publics. Hincmar de Reims reproche à son neveu de Laon de ce que dans ses écrits il employoit quantité de termes & de façons de parler obscures, barbares, & contraires à la pureté de la langue Latine; de ce qu'il se servoit de termes Grecs ou autres, tirés de certains Glossaires, ou pris d'une langue étrangere.

Hincm. opusc. 55. cap. 43.

ceux qui l'entendoient; & qu'aux Convers & aux autres Freres Laïcs il parloit en Roman. Dans la même préface, le savant Bénedictin est aussi dans le sentiment que le Latin n'étoit plus vulgaire au IX. siécle.

GLOSSAIRES. Ces Glossaires commencerent à avoir cours en France dans le IX. siécle, & peut-être ne fut-ce que dans le même siécle que l'on commença à en faire dans ce Royaume. Hincmar de Reims les estimoit peu: il croyoit que c'étoit vouloir affecter de passer pour savant que de les citer, & d'en tirer des termes & des façons de parler. Ces ouvrages sont cependant d'une utilité plus grande qu'il ne le pensoit, & les savans s'en sont toujours servi avec avantage. C'étoient des especes de Dictionaires ou de Lexiques qui furent continués & augmentés sous les successeurs de Charlemagne. Ils auroient été plus utiles si l'on n'y eût pas inseré un si grand nombre de termes bas, & qui ne pouvoient être employés que par la populace. On croit que ceux qu'a publiés Robert Etienne, & après lui Bonaventure Vulcanius, existoient dès le tems des deux Hincmars. On en trouve un autre dans la bibliotheque de saint Germain des prés, composé ou au moins transcrit pour l'usage de l'Eglise de Laon, & qui semble avoir été dédié au sa-

Du Cange, præfat. ad Glossar. Lat.

vant Abbé Smaragde. Le manuſcrit eſt grec & latin, en lettres onciales, & du tems de Charles le Chauve. On en a encore un autre latin dreſſé vers le même tems, que les uns attribuent à Salomon Evêque de Conſtance, mais que d'autres donnent plus vraiſemblablement à Iſon de ſaint Gal, ſon maître. Il s'en trouve un troiſiéme en lettres Lombardes qui paroît d'une antiquité plus reculée que les précédens ; & dans lequel l'Auteur le plus récent qui y ſoit cité, eſt ſaint Iſidore.

Le défaut general des Ecrivains du IX. & du X. ſiécle, eſt que voulant embraſſer toutes les Sciences ; ils n'en approfondiſſoient aucune. C'eſt ce que l'on a vû en particulier dans Raban Maur, l'Alcuin de ſon tems, & qui animé d'un même zele, a merité comme lui le titre de reſtaurateur des études ſacrées & profanes. Son traité *de univerſo* eſt une encyclopédie où il donne une connoiſſance abrégée de toutes les ſciences & de tous les arts depuis la Théologie juſqu'à l'Agriculture : mais on n'y trouve rien que de très-ſuperficiel. C'eſt ce qui réſulte encore du détail dans lequel je viens d'entrer ; & qu'il seroit trop long d'appuier par de nouveaux exemples.

On ne fit guéres, ce semble, de plus grands progrès dans la Théologie, non plus que dans l'Histoire, & le Droit ; c'est par où je vais achever cette dissertation.

ETUDE DE L'ECRITURE SAINTE.

Je commence par l'étude de l'Ecriture sainte. On en recommandoit assez exactement la lecture, surtout au Clergé, mais cette étude ne pouvoit être bien profonde. A peine s'en trouvoit-il qui fussent en état d'entendre les textes originaux. Il paroît par un endroit du *Comput* de Raban, que cet Auteur avoit quelque connoissance de la langue Hébraïque : mais cette connoissance étoit peu profonde, & peut-être Raban fut-il même le seul de son siécle qui eût fait quelque étude de cette langue. L'on se bornoit donc presque généralement aux exemplaires de la Vulgate, qui, tout multipliés qu'ils étoient, ne pouvoient être entre les mains du plus grand nombre. Les Evêques y suppléoient selon leur capacité par les explications qu'ils faisoient des Livres saints, soit en public, soit dans les écoles particulieres. Ils donnoient souvent ces explications par écrit, & on les copioit pour les multiplier. On observoit la même chose à l'égard des Commentaires que faisoient les Abbés, les Moines & beaucoup d'autres. Car c'étoit la matiere qui exerçoit davantage la plume de bien des Auteurs dans le Clergé séculier & régulier. Aussi n'avoit-on jamais vû tant de Commentaires, de Gloses, d'explications, de notes, de paraphrases, sur l'Ecriture sainte, qu'il en parût dans le IX. & dans le X. siécle. Nos Bibliothéques en sont remplies, & il y en a beaucoup plus encore que l'on n'a point imprimés. Claude de Turin, Raban Maur, Haimon Evêque de Halberstat, & quelques autres, travaillerent sur presque toute la Bible. D'autres s'attacherent à quelques livres particuliers : il n'y en a presque aucun sur lequel on n'ait écrit durant ces siécles. Ces ouvrages, tout imparfaits qu'ils soient, étoient utiles ; ils servoient à perpétuer la tradition de l'Eglise sur les points de foi, à nous conserver les vérités qui sont essentielles pour la conduite des mœurs. C'étoit aussi un fonds où les Pasteurs particuliers pouvoient prendre ce qui étoit convenable pour s'instruire eux-mêmes, & pour éclairer ceux qui leur étoient confiés. D'un autre côté, la plûpart de ces écrits ont de grands défauts. On y donne trop dans des allégories souvent fausses, & pour le moins arbitraires. On s'y livre trop aux réflexions mystiques qui ne servent de rien pour éclaircir le sens litteral de l'Ecriture, & qu'on ne peut non plus apporter en preuves pour appuier nos dogmes. On y semoit trop de questions inutiles ou absolument étrangeres : on y faisoit entrer trop de spéculations philosophiques. Raban exhortoit cependant à user d'une grande discretion dans l'explication de l'Ecriture. Cet avis étoit bon : mais lui-même étoit peu exact à le suivre dans la pratique. Ce qui rendoit ce défaut plus excusable, c'est qu'une grande partie de ces Commentaires & de ces explications étoient proprement des homélies faites pour le peuple que l'on cherchoit plûtôt à édifier

Rab. præf. Tract. de universo.

D. Martenn. amplissi. collect. veter. monum. t. 9.

qu'à rendre ſavant. D'ailleurs les Paſteurs eux-mêmes n'étoient pas, à ce qu'il paroît, fort en état pour la plûpart, de bien pénétrer ce ſens litteral, & d'en déveloper les difficultés. Outre qu'il y en avoit très-peu qui entendiſſent les textes originaux, comme je l'ai déja fait remarquer, ils ne liſoient guéres eux-mêmes que les Commentaires moraux des Peres de l'Egliſe qui les avoient précédés, & quantité d'ouvrages aſcétiques où il ne faut pas aller chercher ordinairement l'explication du ſens litteral de l'Ecriture.

De-là vient auſſi que l'on trouve peu d'Auteurs du IX. & du X. ſiécle qui aient traité des queſtions de critique & de dogme par rapport à l'Ecriture. Agobard dans l'un de ſes opuſcules contre Fridugiſe ne touche que très-ſuperficiellement ce qui regarde l'inſpiration des Livres ſaints. Raban revient plus ſouvent dans ſes ouvrages ſur pluſieurs de ces queſtions que l'on peut faire ſur les Livres ſacrés en general, ou ſur chacun en particulier ; mais il n'approfondit rien. Il en eſt de même de tous les autres Commentateurs ou Interprétes de ce tems-là.

Etude des Peres.

Les écrits des Peres qu'on lisoit le plus étoient ceux de saint Jerôme, de saint Augustin, & de saint Gregoire le Grand, par rapport à la Théologie & à la Morale. Mais on ne savoit que fort médiocrement en faire l'usage que l'on en a fait depuis pour la défense de la Religion. Tous les écrits théologiques de ce tems-là ne sont presque qu'un tissu continuel des propres paroles de ces Peres ; ce ne sont proprement que des compilations de passages. Toute l'adresse consistoit à les bien unir : encore n'en trouve-t-on que trop souvent qui ne vont point au but. Pour les raisonnemens suivis, il faut peu en chercher chez eux. Ils faisoient encore moins usage des Peres Grecs, parce qu'il étoit assez rare que quelqu'un entendît bien leur langue. Charles le Chauve entreprit de faire traduire quelques-uns de leurs ouvrages : mais il fit un mauvais choix ; il se borna aux écrits faussement attribués à saint Denys l'Aréopagite. Ce fut Jean Scot qu'il chargea de cette traduction.

Matthæus Westmonaster. ad ann. 1087. 1088.

On

On ne négligea pas cependant la controverse ni les questions purement Théologiques. Les disputes de Religion peu fréquentes sous Charlemagne, se multiplierent trop sous ses Successeurs pour ne pas obliger le Clergé à étudier ces matieres plus solidement. Si ces disputes furent fâcheuses, comme elles le sont toujours, l'Eglise en retira au moins cet avantage, qu'elle fit voir la solidité de ses dogmes, & qu'elle vit éclaircir plusieurs points d'une grande importance. Claude de Turin, en renouvelant la dispute sur les images qui avoit paru presque éteinte, fit prendre la plume à plusieurs Théologiens pour le refuter, & la prit lui-même pour leur répondre. L'Abbé Théodemir, le Solitaire Dungal, Jonas d'Orléans, Walafride Strabon, & quelques autres écrivirent contre Claude. Walafride combattit avec plus de succès que Jonas dont l'ouvrage répond mal à la réputation de son Auteur. On agita aussi cette matiere dans un Concile que Louis le Débonnaire indiqua à Paris pour le premier de Novembre de l'an 825. Cette assem-

THEOLOGIE POSITIVE.

Mabill. An. l. 29. n°. 52. 60. 61.

Concil. tom. 7 pag. 1543. 1550.

blée produisit un traité assez long, composé par les Evêques en commun, & qui n'est qu'une compilation de passages où l'on trouve peu de discernement & d'érudition, & dont beaucoup ne prouvent rien. On y cite contre le culte des images, ce que saint Augustin dit des images ou espéces corporelles que les objets envoient, & qui occasionnent nos perceptions : & l'on apporte en preuve contre ce même culte un passage de saint Basile, qui l'autorise formellement. Agobard, tout judicieux qu'il étoit, manqua un peu de discernement dans l'usage qu'il fit de cet écrit du Concile de Paris. Je crois qu'il pouvoit bien penser ; mais il s'exprimoit mal ; il est plus aisé de justifier ses intentions, que ses expressions.

Auguft. ad Diofcor.

Les disputes sur l'Eucharistie ne furent pas moins vives. Paschase Radbert y donna lieu par le traité du Sacrement de l'Autel, qu'il publia en 831. & dans lequel il avança que le corps de Jesus-Christ dans l'Eucharistie est la même chair qui est sortie de Marie, qui a été attachée à la Croix & qui est ressuscitée.

Quoiqu'on eût toujours cru dans l'Eglise la présence réelle & la transsubstantiation, cependant les expressions de Paschase parurent nouvelles : on n'étoit pas encore accoûtumé, comme on le fut depuis l'hérésie de Bérenger, à entendre parler si clairement sur ce mystére, Raban, deux anonymes dont nous avons les écrits, Ratramne dans son traité du corps & du sang du Seigneur, & dans la suite, Hériger, Abbé de Lobbes, écrivirent contre la maniere dont Paschase s'exprimoit. Quand on a lû leurs ouvrages, on est tenté d'en conclure qu'ils auroient dû s'épargner la peine de les composer. Cette contestation n'étoit au fond qu'une dispute de mots : chacun convenoit de l'essentiel du dogme, on ne disputoit que sur la maniere de s'exprimer. Amalaire pensoit aussi sur le fond de ce dogme comme l'Eglise Catholique, ainsi qu'il paroît par sa lettre à Gonthard, & par quelques autres endroits de ses écrits : mais plusieurs expressions trop hazardées, qui lui échaperent dans son traité des Divins Offices, le firent soupçonner

Mabill. ut suprà.

Spicileg. tom. 12.

Marten. in amplisf. collect. tom. 9. pag. 643. 653. & 656.

d'erreur par le Diacre Flore, qui le dénonça à plusieurs Evêques de France, & l'accusé fut obligé de se défendre par deux écrits.

On disputa encore plus vivement sur la grace & la prédestination. Les lettres & les écrits sur ce sujet, coulerent de la plume de Hincmar de Reims, qui étoit plus versé dans la science des Canons, qu'instruit de la Théologie ; comme on le voit entr'autres par son traité sur la Prédestination, ouvrage extrêmement prolixe, & où l'on trouve peu de raisonnemens concluans. Le moine Gothescalk condamné par le parti de ce Prélat, tacha de se justifier, & trouva d'illustres défenseurs. Prudence de Troies, Wenilon de Sens, Amolon & Remi de Lyon, Flore Diacre de la même Eglise, Ebbon de Grenoble, Loup Abbé de Ferrieres, Ratramne, & plusieurs autres, publierent à cette occasion un assez grand nombre d'écrits, chacun pour défendre son sentiment & pour réfuter celui de son adversaire. Jean Scot se trouva mal d'avoir voulu renouveller les erreurs des Pélagiens & des Semi-

Pélagiens, & l'on voit que la plûpart de ceux qui le refuterent avoient bien lû les ouvrages de ſaint Auguſtin, & ceux des autres Peres défenſeurs de la grace (a). Les Conciles entrerent auſſi fort avant dans cette diſpute, & ce fut en particulier contre Scot, qu'agit principalement le III. Concile de Valence en Dauphiné, aſſemblé au

(a) C'eſt ce que l'on voit en particulier par les écrits de ſaint Prudence, Evêque de Troyes. Auſſi ce Prélat, l'une des plus brillantes lumieres de l'Egliſe de France en ſon ſiécle, ſe vit-il conſulté par les plus ſavans Evêques, & ſur les matieres les plus difficiles & les plus importantes de la Religion. Si celui qui a continué les Annales de ſaint Bertin depuis l'an 830. juſqu'à la fin, en a parlé deſavantageuſement, c'eſt que ce Continuateur n'eſt autre qu'Hincmar de Reims, comme il y a tout lieu de le croire, & que ce Prélat étoit dans des ſentimens oppoſés à ceux de Prudence. Auſſi eſt-il le ſeul qui ait mal parlé de cet Evêque de Troyes, & il a été démenti par preſque tous ſes contemporains; entr'autres par Adon dans ſon Martyrologe, par Aſſon dans ſa vie de ſaint Frobert, publiée par Camuſat *in promptuar. Tricaſſ. Voyez* Voſſius *de Hiſtoric. Latin. l.* 3. *c.* 4. Sandii *not. in libr. Voſſ. pag.* 293. Vie de ſaint Prudence, par M. Breyer, Chan. de Troyes, & la défenſe du culte de ce Saint, par le même.

mois de Janvier de l'an 855.

Les reproches des Grecs faits aux Latins, & notifiés avec amertume par le fameux Photius ayant été envoyés par le Pape Nicolas aux Evêques de France, occuperent aussi nos Théologiens & servirent de matiere à de nouvelles questions. Odon, Evêque de Beauvais, Enée de Paris, Ratramne, & plusieurs autres y répondirent, & l'on voit dans leurs écrits beaucoup de lecture des Peres, mais peu d'ordre & de méthode dans la plûpart. Ce sont des recueils de passages, plûtôt que des traités raisonnés; & trop souvent beaucoup d'idées mystiques, où il n'eût fallu apporter que des raisons. On y trouve aussi peu de critique, comme dans les traités d'Odon & d'Enée qui supposent comme vraie la prétenduë donation de Constanstin. On reconnoit encore le génie du siécle à d'autres questions, dont la plûpart étoient inutiles, & quelques-unes extravagantes, & que l'on traita cependant fort sérieusement, comme sur l'enfantement de la Vierge, sur l'unité & l'identité de l'ame pour tous les hommes, &c. Autant l'on avoit été réservé dans les siécles précédens à inventer & à proposer de nouvelles questions sur la Religion, autant fut-on hardi dans ceux-ci à en former, & à les debattre. Cette licence étoit déja montée à un tel excès sous Charles le Chauve, qu'un Annaliste du tems dit, qu'on remuoit plusieurs questions contre la Foi dans le Royaume de ce Prince, & que Charles ne l'ignoroit pas. C'étoit même à lui que l'on adressoit les écrits que l'on publioit pour & contre.

Fleuri Hist. Eccles. l. 49. n°. 50.

Plusieurs Auteurs des mêmes siécles travaillans sur des sujets plus sérieux & plus utiles, combattirent les Payens & les Juifs avec assez de lumiere & de force. On a entr'autres dans ce genre quelques écrits d'Agobard, d'Amolon & de Raban. Durand, Abbé de Castres, qui vivoit au milieu du X. siécle, défendit l'immortalité de l'ame avec autant de solidité que de zéle, contre un nommé Walfroi qui la combattoit. Les Prélats assemblés dans l'Eglise de Sainte-Croix d'Orleans l'an 1022. sous le Roi Robert, ne montrerent ni moins de zéle, ni

Chronic. Episc. Castr. t. 7. Spicileg.

Glaber l. 3. c. 8. Fragm. Hist. Aquitan.

moins de lumieres contre des fanatiques qui s'étoient répandus en France, où ils renouvelloient la plûpart des erreurs des Manichéens & des abominations des Gnostiques.

On ne fit pas moins la guerre aux superstitions des Chrétiens, comme on le voit par quelques ouvrages d'Agobard, d'Amolon, de Flore, & par quelques lettres de Loup de Ferrieres, qui fut l'organe & le secretaire de plusieurs Conciles (a), qui dressa les Canons de quelques-uns, & qui n'étoit pas moins recommandable par la connoissance qu'il avoit des Sciences Divines que par son amour pour les lettres humaines (b).

(a) Voyez les lettres 30. 34. 64. 84. 93. 96. 126. 128.

(b) On lui a reproché de s'être étudié à écrire en bon latin; de s'être occupé à rechercher tous les livres d'humanités qui lui manquoient, à exhorter les Papes & les Evêques à se donner le même soin pour eux-mêmes ou pour lui: C'est lui avoir fait un crime de ce qui fait une partie de son éloge, & de ce qui montre son attention à faire fleurir les lettres dans sa Communauté, composée de 72. Religieux très-respectables. *Pastor modò pro religione sanctitatis in Monasterio Ferrariensi famosissimo, ubi cœtus Mona-*

Enfin

Enfin comme la plûpart des auteurs des mêmes siécles étoient moines, on a d'eux un grand nombre de traités ascétiques, & j'ai trouvé dans le plus grand nombre beaucoup de piété & d'onction, & quantité de regles sûres de morale. On doit porter le même jugement des Homiliaires qui furent si communs en ces tems-là. Je parle de ces recueils de Discours, de Morale, ou de Doctrine, des Peres Latins des cinq ou six premiers siécles, que l'on forma pour être mis entre les mains des Prélats & des Pasteurs inférieurs pour leur servir de guides dans l'instruction de ceux dont ils étoient chargés. Ces Homiliaires étoient d'une grande utilité. Mais ils ont donné dans la suite une ample matiere à la critique. Car, comme on réunissoit dans un même recueil les Homélies de plusieurs Peres qui avoient vécu dans des tems différens, & que souvent l'on se contentoit de faire connoître les noms d'un ou de deux, ceux qui depuis

chorum in Christo cum illo toto orbe est venerandus : dit Hildegaire Evêque de Meaux, contemporain de Loup.

l'invention de l'Imprimerie ont voulu donner au public les écrits des Peres, ne trouvant quelquefois que le nom d'un ſeul dans ces Recueils, ont attribué ſans façon au même toutes les autres piéces du même Recueil. De là vient tant d'Ouvrages ſuppoſés à S. Auguſtin, à S. Ambroiſe, & à tant d'autres; ce qui a couté de ſi grands ſoins à ceux qui ont voulu depuis rendre à chacun ce qui lui appartient.

LITURGIES. On écrivit auſſi ſur les Liturgies: ce qui n'eſt pas étonnant pour un tems où l'on vit naître une partie de nos cérémonies modernes. Le gout de nos Rois pour le chant & pour les cérémonies fut auſſi un motif pour écrire ſur cette matiére. On ſçait que la Diſcipline Eccléſiaſtique avoit beaucoup ſouffert ſous la premiére Race de nos Rois. Pepin entreprit de lui rendre au moins une partie de ſon éclat, & Charlemagne y travailla après lui avec un zéle qui ne fut pas ſans ſuccès. Louis le Débonnaire l'imita (a). Outre les Ca-

(a) Ce fut ſous ſon regne, ſelon Adon, que la Fête de tous les Saints fut établie en France. Voyez ſur cela les ſavantes notes

pitulaires qu'il donna ſur ce ſujet, il ſe ſervit du Diacre Amalaire pour diſpoſer en partie l'Office Eccléſiaſtique, & en donner l'intelligence au Clergé & au Peuple. Cet Auteur compoſa l'an 827. quatre Livres de l'Office divin ſuivis d'un *Antiphonier*, où il parle de l'ordre des Pſeaumes, des Antiennes, des Verſets & des Répons; & il y marque avec ſoin les ſingularités & les variations qui ſe trouvent dans les divins Offices de l'année, en commençant par la Septuagéſime. On voit par cet Ouvrage qu'il avoit bien étudié cette matiére. Mais il ſe jette dans un trop grand nombre de myſticités où je trouve peu de ſolide. Agobard qui les attaqua dans un Ouvrage qu'il fit exprès, alla même juſqu'à les accuſer d'erreur. Amalaire compoſa un autre Ecrit dans lequel il fit pluſieurs corrections aux Antiphoniers Gallicans: on voit qu'il avoit profité des Anti-

du P. Fronteau, Chanoine Regulier, ſur l'ancien Calendrier Romain qu'il a publié, & qui eſt plûtôt un ancien recueil d'Evangiles de la Meſſe qu'un Calendrier, pages 142. 143.

phoniers Romains que l'Abbé Vala avoit apportés à Corbie.

Agobard corrigea aussi l'Antiphonier de l'Eglise de Lyon, & publia un Traité de la correction de l'Antiphonier, où il prétend qu'il ne faut rien chanter dans l'Office qui ne soit tiré de l'Ecriture Sainte. Amalaire s'éleva à son tour contre ses corrections, & Agobard tâcha de les justifier dans un petit Ecrit sur la Psalmodie. Il y apporte pour l'ordinaire de bonnes raisons, mais elles sont gâtées par l'aigreur de son style & par ses emportemens contre son adversaire. Ce défaut paroît aussi dans plusieurs de ses autres Ouvrages, dont j'ai eu occasion de parler. Il avoit le génie vif & ardent, & il s'y abandonne quelquefois sans modération. J'estime son zéle & son esprit, sans excuser ses défauts. Ce qui lui donne de la supériorité sur la plûpart des Ecrivains de son tems, c'est qu'il avoit, quand il le vouloit, de la force dans le raisonnement, de la netteté dans le style, & qu'il montre de l'érudition dans ses citations, qui sont ordinairement bien choisies, mais trop longues & trop fréquentes. Flore de Lyon, qui fit une courte explication de la Messe, ne traita pas moins durement Amalaire; en quoi il eut tort: Amalaire méritoit d'être plus ménagé à cause de sa science, de sa piété & de son zéle pour expliquer les cérémonies de la Messe. Dès l'an 819. Raban avoit aussi traité des différens Rits & des cérémonies de l'Eglise dans son Traité de l'instruction des Clercs, & ailleurs. Il copie presque mot à mot l'Ouvrage de saint Isidore de Séville sur la Liturgie. Nous n'avons plus les Ecrits d'Angélome, de Jean Scot, de Remi d'Auxerre, ni de plusieurs autres sur le même sujet. Mais on a l'explication du Canon de la Messe par le même Remi, & l'Ouvrage que fit Walafride Strabon sur le commencement & le progrès du culte Ecclésiastique, & qui est à peu près dans le même goût que celui d'Amalaire. Il faut compter encore au nombre des ouvrages Liturgiques le Lectionaire intitulé *liber Comitis*, qui fut perfectionné & augmenté dans le IX. siécle par un Prêtre du

Diocése d'Amiens, & l'Homiliaire que Flore dressa pour l'Eglise de Lyon. Je passe quantité d'autres Ecrivains qui ont traité par occasion dans leurs Ouvrages, beaucoup de choses qui ont rapport aux Liturgies, entr'autres ceux qui ont publié des Statuts, des Regles, des Réglemens, des Capitulaires, où ils ont inseré quantité de remarques ou de réfléxions qui se rapportent au même sujet. Prudence de Troyes étoit de même très-versé dans les Rits de l'Eglise, comme on le voit par son Pontifical dont on nous a donné quelques extraits.

Marten. de Antiq. Eccl. ritib.

Sainte Beuve, in tract. de Extr. unct.

Dans le X. siécle on ne fit presque que suivre l'ordre établi dans le IX. Aussi y trouve-t'on beaucoup moins d'Auteurs qui aient écrit sur cette matiere. Les plus connus sont Rhéginon, l'Abbé Bernon, & le faux Alcuin; c'est-à-dire l'Auteur du traité des Offices divins, qui porte le nom d'Alcuin. Mais ce Traité est beaucoup plus récent (a). L'Abbé Bernon qui n'a vécu que

(a) Il y est parlé de l'Hymne *Gloria, laus*, &c. qui est de Theodulfe postérieur à Alcuin: & cet Hymne d'ailleurs n'a été en

ſur la fin du X. ſiécle, le copie ſouvent dans ſon traité de la Meſſe qui eſt aſſez court.

CALENDRIERS, MARTYROLOGES & NECROLOGES.

Bollandus præf. general. p. XLVIII. & ſuiv.

Chaſtelain, præf. de ſa trad. du Martyr. Rom.

Le goût que l'on avoit pour les Liturgies ranima celui des Calendriers, des Martyrologes & des Nécrologes. On avoit eu de ces ſortes d'Ouvrages dans les ſiécles précédens : mais ils devinrent beaucoup plus communs dans ceux-ci. Il n'y eut point d'Egliſe Cathédrale, ni preſque de Monaſtere qui n'eût ſon Calendrier particulier. A l'égard des Martyrologes, les plus connus ſont ceux du Diacre Flore écrit vers l'an 830, & qui n'eſt preſque qu'un ſupplément à celui de Bede; de Raban Maur, compoſé vers l'an 845. de Wandelbert, Moine de Prom, écrit en vers héxamétres vers l'an 848. d'Adon de Vienne qui eſt de l'an 858. d'Uſuard, & de Notker Moine de S. Gal, écrit vers l'an 894 (a). Uſuard mon-

uſage en France que ſous Charles le Chauve, vers l'an 850. On trouve encore d'autres marques de ſuppoſition dans ce Traité. Une partie de ce qu'on y lit ſur l'Euchariſtie, par exemple, ſe trouve mot à mot dans Remi d'Auxerre.

(a) Ce Notker mourut l'an 912. Il eſt

tre assez de critique dans le sien qu'il dédia à Charles le Chauve, mais dont le dessein lui avoit été inspiré par Louis le Débonnaire. Lui, Adon & Notker, n'adoptent point l'opinion d'Hilduin touchant le prétendu aréopagitisme de saint Denys, premier Evêque de Paris, & ils distinguent, avec raison, deux Saints de ce nom. Le Martyrologe d'Usuard fut reçu avec tant d'applaudissement, que l'on s'en servit presque par-tout, même à Rome, à la place de ceux que l'on avoit suivis jusqu'alors (a).

L'origine des Nécrologes remonte presque aussi haut que celle de l'ordre de saint Benoît. Mais l'usage en devint très-commun dans les IX. & X. siécles, à l'occasion des

différent de Notker surnommé Labéon, dont j'ai parlé plus haut, & de Notker le Physicien ou le Medecin, qui étoit aussi habile dans la Peinture & qui est mort vers l'an 975. Ces trois Notkers ont été Moines de S. Gal.

(a) On trouve plusieurs autres Ouvrages de cette espece dans les Collections des PP. DD. d'Acheri, Mattenne & Durand, Bénédictins; dans les Continuateurs de Bollandus, & dans d'autres recueils.

associations qui se firent entre la plûpart des Monasteres, souvent fort éloignés les uns des autres. Ces Nécrologes dont beaucoup sont passés jusqu'à nous, sont une espéce de Dyptiques où l'on marquoit le jour de la mort des personnes qui étoient en societé, & les titres ou qualités dont elles étoient revêtues. On les auroit rendu plus utiles, si l'on eût eu soin de marquer l'année de la mort de chacun, & de caractériser davantage ceux que l'on y inscrivoit. Mais l'on y manquoit très-souvent, parce que l'on ne regardoit ces Nécrologes que comme des mémoriaux destinés seulement à rappeller les noms des défunts, afin que l'on se souvînt de prier pour eux.

Ceux qui étoient préposés pour dresser ces Nécrologes, étoient aussi souvent chargés de composer des Annales. Cette espéce d'Histoire fut très-commune dans les siécles dont il s'agit. Toutes, ou presque toutes, étoient écrites par des Moines. C'est que l'usage étoit alors que dans les grandes Abbayes il y eut un Religieux chargé par l'Abbé d'écrire

HISTOIRE.

année par année ce qui arrivoit de remarquable. Selon que ces Moines historiographes avoient plus ou moins de goût & de talent pour écrire, la fidélité regne plus ou moins dans ces Annales; le style en est plus ou moins supportable: car il ne faut pas s'attendre à en trouver qui soient écrites avec élégance: & d'ailleurs de simples Annales où l'on se contente de rapporter en peu de mots les faits que l'on a remarqués, & d'en fixer les dates, n'en sont pas, pour l'ordinaire, fort susceptibles. La plûpart des Auteurs de ces Annales nous sont inconnus; je crois que cela peut venir de ce que les mêmes n'étant pas toujours chargés de cette commission, aucun n'osoit en particulier se faire honneur de son travail, par cette raison que plusieurs y avoient eu part. Delà vient aussi la varieté que l'on trouve dans le style & dans la maniére de narrer. Les plus connues de ces Annales sont celles de saint Bertin, que quelques-uns attribuent à saint Prudence; mais qui sont certainement de plusieurs Auteurs, dont on a réuni le travail pour n'en former qu'un tout (a): Celles de Fulde pleines de partialité contre Charles le Chauve, celles de Metz, & plusieurs autres, que l'on trouve dans la Collection de Du Chesne, & dans plusieurs autres recueils. Ces Annales ont chacune leur utilité pour l'histoire des tems qu'elles regardent : mais on doit les lire avec précaution. L'exactitude manque souvent dans la plûpart. Les dates y sont quelquefois fausses. On trouve dans le plus grand nombre bien des minuties qui ne méritoient pas d'être rapportées, & une excessive crédulité. Avec beaucoup de faits importans, les Auteurs s'amusent souvent à débiter quantité

Vossius de Histor. Latin. l. 2. c. 37. Sandii notæ in lib. Voss. pag. 57. & suiv.

(a) Ces Annales commencent à l'année 741. & finissent en 842. Depuis le commencement jusqu'en 814. ce n'est qu'une copie d'autres Annales que l'on trouve dans MM. Pithou, Canisius, & Du Chesne. La seconde partie depuis l'an 814. n'est presque encore qu'une répétition des Annales d'Eginhart. Mais à commencer à l'an 830. jusqu'en 882. c'est-à-dire jusqu'à la fin, c'est un Ouvrage nouveau. Il est plus que probable que depuis l'an 830. jusqu'en 860. c'est l'ouvrage de saint Prudence, & depuis 860. jusqu'à la fin, celui de Hincmar de Reims. Voyez le Mercure de Décembre 1736. première & seconde partie.

d'historiettes où le merveilleux ne manque pas, & qu'ils racontent cependant avec une sorte de complaisance.

Breyer, vie de S. Prud. Hinc. oper. t. 2. epist. 24. pag. 291. Du Chesne t. 2. p. 499. Collect. Pithæan. sub fine.

Si l'on regrette avec raison, les Annales des Rois de France, que saint Prudence avoit composées; supposé cependant que cet Ouvrage fut différent de ce qui nous reste de lui dans les Annales de saint Bertin, (a) le tems nous a conservé beaucoup d'autres monumens historiques. Abbon, Moine de saint Germain des Prés, différent d'Abbon

(a) Il est certain que Prudence avoit composé des Annales des Gestes de nos Rois, lesquelles furent répandues dans le public peu de tems après sa mort, & qu'il y en avoit un exemplaire dans la Bibliotheque de Charles le Chauve. Hincmar le dit dans sa Lettre à Egilon, Archevêque de Sens, touchant Gothescalk, en 866. *Qui etiam, videlicet Domnus Prudentius, in Annali gestorum nostrorum Regum, quæ composuit, ad confirmandam suam sententiam, gestis anni Dominicæ incarnationis* 858. *indidit dicens, &c.* Mais ces annales n'étoient peut-être que la partie de celles de S. Bertin, qu'on lui attribue, & dans lesquelles on trouve en effet ce que Hincmar cite de saint Prudence. *Ipsum autem Annale quod dico, rex habet*, &c. ajoute Hincmar au même endroit. Hinc. op. t. 2. pag. 291. & 292.

de Fleuri, fit en vers héxametres une relation du siége qu'Eudes, Comte de Paris, qui fut élu Roi quelques mois après, y soutint contre les Normans en 886. & l'année suivante. Sa relation qu'il adressa à Aymoin, son maître, (a) passe pour être d'autant plus exacte que l'Auteur étoit contemporain, & sur les lieux où l'action se passoit. Elle est assez circonstanciée. Si l'Auteur eût écrit en prose, il nous eût épargné la rudesse, l'obscurité, & l'inexactitude de ses vers.

Les Chroniques furent aussi communes alors que les Annales. Il nous en reste un grand nombre, sur la fidélité desquelles il ne faut pas toujours compter. On estime celle d'Adon

(a) Quelques-uns ont écrit qu'Aymoin avoit été son disciple ; mais Abbon dit lui-même :

O pædagoge sacer meritis.
Aymoine piis radians, &c.

Dans sa préface en prose, il dit qu'il avoit écrit cette relation étant fort jeune, pour s'exercer ; & peu après, qu'il avoit été utile à beaucoup d'écoles. Ce qui prouveroit qu'il ne l'adressa à Aymoin que plusieurs années après l'avoir faite, & qu'il a vécu bien après l'an 892. où l'on fixe sa mort.

de Vienne, qu'un autre a continuée jusqu'à la mort de Louis le Begue, arrivée le 10. d'Avril 879, Les deux Aymoins, l'un Religieux de l'Abbaye de saint Germain-des-Prés dans le IX. siécle, l'autre du Monastére de Fleuri sur Loire, dans le X. & dans le XI. siécle; Adrévalde, aussi Religieux de Fleuri; le Moine de saint Gal, qui écrivit sous Charles le Gros; Rhéginon qui a fait une Chronique depuis la naissance de Jesus-Christ jusqu'en 907. Thégan, qui a écrit une grande partie de la vie de Louis le Débonnaire, avec plus de sincérité que d'élégance (a). Léthaldus, dont j'ai déja parlé, & qui vivoit dans le X. siécle; Nithard de qui l'on a quatre livres, où il entre dans le détail des différends survenus entre les enfans de Louis le Débonnaire; Helgaud qui a écrit un abrégé peu intéressant de la vie du Roi Robert, & beaucoup d'autres, qu'il seroit trop long de nommer, se sont pareillement appliqués

(a) *Breviter quidem, & vere potiùs quam lepide composuit*, dit Walafride Strabon, dans la préface qu'il a faite pour cet ouvrage.

à écrire l'Histoire. La vie de Louis le Débonnaire fut encore écrite par son Astronome, dont on ignore le nom. Eghinard qui a passé la plus grande partie de sa vie sous Charlemagne, en écrivit l'histoire sous son successeur. Sa latinité est beaucoup plus pure que celle des Historiens du même-tems.

Vossius Histor. Latin. l. 2. c. 33. Sandii not. in hunc lib. p. 42. & suiv. Lup. Ferrar. Epist. 1.

Le style de Flodoard (a) l'Historien, & la gloire de l'Eglise de Reims, est inférieur à celui d'Eghinard. Ce n'est point un écrivain poli : mais il paroit en général un homme sans prévention, qui écrit le moins mal qu'il peut, ce qu'il a appris, vû, ou entendu. C'étoit un auteur laborieux, zélé pour les Lettres, & qui avoit également étudié le sacré & le prophane. Sans le secours de sa Chronique, qui commence à l'an 919. & finit en 966. nous saurions moins de choses des regnes de Charles le Simple & de Louis d'Outremer, & d'une partie de celui de Lothaire. Il avoit été élevé dans

(a) On le trouve aussi nommé Flavald, ce qui a trompé Possevin & plusieurs autres, qui le distinguent de Flodoard, & en font, mal-à-propos, deux auteurs.

l'école de Reims, au Diocése duquel il étoit né. Outre sa Chronique, il a écrit en quatre livres (a) l'histoire de l'Eglise de Reims, qui a toujours été estimée: mais il y donne trop aussi dans le merveilleux, de même que dans sa Chronique, qu'il écrivit dans un âge avancé. Paschase Radbert écrivit aussi vers l'an 836. en termes assez purs, pour son siécle, la vie & l'apologie de Wala, Abbé de Corbie (b).

(a) Tritheme a eu tort de n'en compter que trois.

(b) Cet ouvrage de Paschase a un caractere singulier, qui mérite d'être remarqué, non parce que cette histoire divisée en deux livres, est en forme de Dialogue, & que le style sent trop l'orateur; mais parce que l'auteur y déguise sous des noms empruntés les personnages qu'il expose sur la scene. Il appelle l'Abbé Vala, *Arsenne*; l'Empereur Louis, *Justinien*; l'Imperatrice Judith, *Justine*; Lothaire, *Honorius*; son frere Louis, *Gratien*; le Comte Bernard, *Nason*; &c. On prétend que ces noms convenoient à ces personnages, soit par rapport à leur caractere, soit eu égard à leurs défauts: mais la vraie raison qui porta Paschase à user de ce déguisement, c'étoit pour ne se point compromettre, ni ceux qui avoient quelque intérêt à ce qu'il rapportoit. *Mabill.*

Le

Le IX. & le X. siécle virent aussi paroître plusieurs Histoires sous le titre de Gestes ; & avec du discernement & de la critique, on peut s'en servir utilement. Il faut savoir en écarter le faux & le merveilleux, qui ne s'y trouvent que trop confondus avec le judicieux & le vrai.

Cet esprit de critique est encore plus nécessaire pour lire les légendes qui se multiplierent extrêmement alors, à l'occasion sur-tout des Translations de Reliques, qui furent si fréquentes dans le IX. siécle & dans le suivant. Ce qui fait que beaucoup de ces légendes sont fausses, ou remplies du moins de faussetés, c'est qu'il arrivoit souvent, que quoique l'on ignorât l'histoire des Saints dont on transféroit les Reliques, on ne laissoit pas que de leur composer des actes pour lire aux jours de leurs fêtes. On ne se faisoit point de scrupule de ces pieux mensonges. Outre le mauvais goût qui regne dans ces légendes, on s'y livroit au merveilleux que l'on joignoit, comme on pou-

præfat. in IV. sæcul. Bened. & in Annal. Bened. t. 2. l. 31.

voit, au vraisemblable & quelquefois à l'absurde. Souvent aussi l'on puisoit dans les actes de Saints connus, de quoi composer une histoire à ceux dont on ignoroit la vie; d'où il arrivoit que l'on attribuoit à ceux-ci les mêmes actions, les mêmes vertus, & souvent les mêmes miracles: car on aimoit à multiplier ces actes de la Toute-puissance de Dieu. L'histoire de S. Denys composée vers l'an 834. par l'Abbé Hilduin, à la priere de l'Empereur Louis, fait entr'autres peu d'honneur à son auteur. S'il n'a pas violé volontairement la sincérité, comme il a donné lieu d'en être soupçonné, il a montré au moins qu'il manquoit absolument de jugement & de critique. Il seroit facile de rapporter beaucoup d'autres exemples semblables.

Sigebert. Catal. viror. illustr. Notger. Epist. ad Werinfrid. Abbat.

Le défaut de critique faisoit tomber encore dans une infinité d'erreurs les copistes, c'est-à-dire, ceux qui dans les Monasteres ou ailleurs s'appliquoient à copier des livres; ce qui, comme on le sait, faisoit l'occupation principale d'un grand nombre de moines & d'autres perſonnes. Cette occupation étoit d'une grande utilité, néceſſaire même, pour multiplier les exemplaires des livres, dans un tems où l'on n'avoit pas l'art de l'Imprimerie. Mais comme il n'arrivoit que trop, que ceux qui s'en mêloient, n'entendoient pas bien la matiere des livres qu'ils copioient, ils faiſoient ſouvent dire à un auteur ce qu'il n'avoit point dit, ou le contraire de ce qu'il diſoit. Ils en changeoient les termes pour y ſubſtituer les leurs ; & quelquefois en prétendant les corriger, ils les altéroient, ou ajoutoient à leurs penſées. De-là eſt venuë la néceſſité où les bons critiques ſe ſont trouvés depuis, de comparer enſemble pluſieurs manuſcrits d'un même auteur, de lire avec attention tous ſes ouvrages, pour en bien prendre l'eſprit & le génie, pour connoître exactement ſes façons de parler, ſes ſentimens, &c. avant que de mettre ſes ouvrages au jour : Travail ſec & difficile autant que deſagréable, mais qui a fait beaucoup d'honneur à ceux qui y ont réuſſi, ſurtout à la célebre Congrégation de ſaint Maur, & dont le ſuccès eſt ſi avantageux à l'Egliſe & à la République des Lettres.

DROIT CANONIQUE ET CIVIL.

Le défaut de critique cauſa en particulier de grandes plaies à la diſcipline Eccléſiaſtique par l'eſpéce d'adoption que l'on fit des fauſſes décrétales. Il paroît étonnant aujourd'hui qu'étant remplies de tant de marques ſenſibles de fauſſeté & de ſuppoſition, on les ait reçûes avec une ſorte de reſpect qu'elles n'ont jamais mérité. Je ſai, qu'un Savant verſé dans l'étude du moyen âge, & dont je reſpecte les lumieres, après être convenu que l'on entreprit de mettre ce corps de Décrets en vigueur après la mort de Charlemagne, ajoute que les Evêques les plus éclairés en combattirent l'authenticité. Il cite ſur cela Hincmar de Reims : mais il me ſemble que l'on apprend par la lecture des ouvrages de ce Prélat qu'il n'en conteſtoit pas la vérité, & qu'il refuſa ſeulement d'en reconnoître l'authorité, par cette ſeule raiſon, que ces pieces ne ſe trouvoient point dans le corps des Canons. Je vais plus loin : quoique ce ſoit lui

Differt. ſur l'Etat des Sciences ſous Charlem.

qui nous apprenne quand elles commencerent à paroître, ſoit dans la vûe de s'en prévaloir quand ſes intérêts le demanderoient, comme on l'en a ſoupçonné avec fondement, ſoit défaut de diſcernement ſur ce point, il allegue aſſez ſouvent ces fauſſes Décrétales en ſa faveur, & leur accorde une eſtime qui ne leur étoit pas dûë: on les cita ſans éxamen dans le Concile d'Aix-la-Cha-pelle en 838.

Beaucoup d'autres, loin de les rejetter, en firent uſage dans leurs écrits, ſans paroître même en ſoupçonner la ſuppoſition, & s'en autoriſerent pour leur conduite. Je conviens cependant qu'heureuſement le mal ne fut point général. On voit par les actes du Concile de Reims de l'an 992. ſur l'affaire d'Arnoul qui y fut dépoſé, que les Prélats ſoutinrent comme ils le devoient, que le Pape ne pouvoit rien contre les Canons, & qu'ils défendirent aſſez bien le droit des Conciles, touchant la dépoſition des Evéques. Il eſt dit dans ces actes qu'ils prouverent *avec beaucoup de lumiere* ce qu'ils ſoutenoient;&ils n'au-

Marca, de Concord. l. 7. c. 27.

roient pu le faire, s'ils n'eussent été instruits eux-mêmes de l'antiquité. Je rendrai aussi volontiers cette justice à Hincmar, qu'il étoit plus instruit du Droit Canon, que la plûpart des Evêques de son tems, & qu'entr'autres il parle assez exactement dans sa lettre au Pape Adrien II. contre le prétendu pouvoir des Papes sur le temporel des Rois, & qu'il y défend assez-bien les droits des Princes Souverains. On en trouve encore chez lui d'autres exemples. L'Historien Glaber parlant du refus constant que firent l'Archevêque de Tours & les Prélats de son parti d'adhérer aux ordres que Foulques Comte d'Anjou avoit obtenus de la Cour de Rome pour faire faire la Dédicace de l'Eglise que ce Comte avoit fait bâtir par un autre Evêque que par le Diocésain, dit que ces Prélats montrerent *par une infinité d'autorités de l'antiquité*, qu'il étoit défendu à tout Evêque de faire aucun acte de jurisdiction dans le Diocése d'un autre, sans la permission de l'Evêque Diocésain. Ces Prélats avoient donc assez-bien étudié l'antiquité, pour être en état d'en faire connoître dans le besoin les maximes & l'esprit. D'un autre côté il me semble qu'ils oublioient bien ces maximes, ou du moins qu'ils en laissoient souvent la pratique à l'écart, puisqu'ils étendoient si loin leur jurisdiction qu'ils s'étoient mis en possession de décider des droits des Princes, & de donner & d'ôter les couronnes; qu'ils abusoient de leur foiblesse pour en arracher quantité de privileges que l'antiquité ne leur avoit point accordés, ou pour se les donner de leur propre autorité; qu'ils prenoient dans leurs lettres synodales & ailleurs la qualité de Lieutenans de Dieu sur la terre, & qu'ils obligeoient les Princes à reconnoître en eux cette autorité & à s'y soumettre. Je n'en cite point d'exemples : ces entreprises sont si communes dans notre histoire du IX. & du X. siécle, qu'elles ne sont point ignorées. Elles venoient moins cependant du défaut de l'étude des Canons que de l'ambition des Evêques, & de la foiblesse du gouvernement, causée en partie par le triste état où les guerres civiles & les

Pasq. Recherch. l. 3. c. 8. & 9.

Libell. proclamat. advers. Wenilon.

ravages des Normans avoient réduit ce Royaume. L'on fit en effet dans le IX. siécle & dans le suivant, plusieurs compilations nouvelles des anciens Canons, afin qu'ils pussent servir de guides & de lumiere. La plus célébre est celle Rhéginon, qui vivoit l'an 900. Ces anciens Canons se trouvent rappellés en partie dans le traité du Droit du Sacerdoce par Agobard, dans celui de la continence des Clercs, par le moine Helfride, dans les livres de la discipline Ecclésiastique & de l'instruction des Clercs par Raban, dans les statuts d'Hérard Archevêque de Tours, de Guillebert Evêque de Châlons sur Marne, de Vaultier d'Orleans, de Hincmar de Reims, & dans plusieurs autres. Flore de Lyon montre aussi par son petit traité des Elections des Evêques, qu'il étoit instruit des Droits du Sacerdoce & de l'empire.

Flor. tract. ad calc. op. Agob.

On peut mettre au même rang les Penitentiels que l'on fit aprés le Concile de Paris de l'an 829.

Conc. t. 7. p. 1621.

Ce Concile ayant sagement ordonné aux Evêques de rechercher ceux qui étoient contraires aux an-

cien

ciens Canons, l'on en dressa de nouveaux, qui y furent plus conformes. Halitgaire, Evêque d'Arras & de Cambrai, composa à la priere d'Ebbon de Reims, son Métropolitain, un traité des vertus & des vices, & de l'ordre de la pénitence, en cinq livres, ausquels il joignit un pénitentiel, dont il dit qu'il ignore l'auteur, mais qu'il assure avoir tiré des archives de l'Eglise Romaine. On croit en effet que c'est l'ancien Pénitentiel Romain. Le corps de l'ouvrage d'Halitgaire peut lui-même passer pour une espéce de Pénitentiel. Mais selon l'usage de son tems, ce n'est qu'une compilation assez abrégée de divers textes des Saints Péres, ou de Canons des Conciles. On y trouve cependant plusieurs principes sur la pénitence, qui ne montrent pas que l'auteur fut aussi versé qu'il semble vouloir le paroître, dans la connoissance des anciens Canons Pénitentiaux. Raban dressa aussi un Pénitentiel, que l'on a parmi ses ouvrages, & l'on en trouve encore plusieurs des mémes siécles, qui sont conservés manuscrits dans les Bibliothéques. En général l'on reconnoit assez dans ces ouvrages l'esprit des anciens Canons; ce qui est encore une preuve qu'il y en avoit qui les étudioient, & qui avoient du zéle pour les faire connoître.

Le Droit Romain n'étoit pas non plus négligé. Prudence de Troyes, Hincmar & plusieurs autres en étoient instruits. Sous la premiere race de nos Rois, & même sous Charlemagne, on ne connoissoit, ce semble, en France, que le Code Théodosien: mais sous Charles le Chauve, on se servoit communement du Code & des Novelles de Justinien. Hincmar les louë souvent dans ses lettres & dans ses opuscules. Il paroit même par plusieurs Capitulaires de Louis le Débonnaire, que les Novelles furent connuës dès le regne de ce Prince. On croit aussi qu'il y avoit dès-lors, ou du moins sous Charles le Chauve, des maîtres pour le Droit à Orleans. Les Loix Saliques régloient aussi la Jurisprudence: mais les Princes se conservoient la liberté de faire des changemens à ces Loix, & d'y ajouter de nou-

Mem. de l'Acad. des Belles-Lettres tom. 2. pag. 657. 658.

veaux Reglemens. Il paroit que ces Loix étoient encore en vigueur au commencement de la ſeconde race. A l'égard des Capitulaires, qui ſervoient encore de Loix, l'on ſçait que l'on appelle ainſi les Conſtitutions qui ont été faites par nos Rois pendant pluſieurs ſiécles. Dans l'aſſemblée qu'ils tenoient tous les ans, pour traiter des affaires publiques, & où l'on voyoit les Evêques, les Abbés, & les Comtes, on liſoit les Conſtitutions que l'on y avoit faites, & pour la formation deſquelles Charlemagne & Louis le Débonnaire recommandoient aux plus ſavans du Clergé, de rechercher dans les Peres, les Conciles, & les Conſtitutions des Empereurs, ce qui convenoit à tous les ordres de l'Etat, tant par rapport à la religion & aux mœurs, que pour la Juſtice Civile & Eccléſiaſtique. Quand l'aſſemblée avoit conſenti à ces Loix, chacun y ſouſcrivoit en particulier. Chaque Evêque & chaque Comte étoient obligés d'en prendre copie par les mains du Chancelier, pour les envoyer enſuite aux Officiers qui dépendoient

Chron. ſanct. Arnulp. ad an. 767. Caniſ. Lect. Antiq. l. 6.

d'eux, afin que par cette voie ces Constitutions pussent venir à la connoissance de tout le peuple. Outre le soin que l'on prenoit de l'en instruire, un des principaux emplois de cette espéce d'Intendans que l'on appeloit *Missi Dominici* (a), étoit de les faire exécuter dans les Provinces de leur département. Les Evêques devoient les lire avec soin; & assez souvent ils servoient de fondement à leurs décisions dans leurs Conciles & dans leurs Synodes. Les Papes même se sont fait gloire d'y obéir, comme il paroit par la lettre de Leon IV. à l'Empereur Lothaire, ou de Leon III. à Louis le Débonnaire, rapportée par Yves de Chartres & par Gratien. L'autorité de ces Capitulaires s'est conservée long-tems en France. Leur usage fut interrompu au commencement de la troisiéme race de nos Rois, par les changemens qui arriverent dans l'Etat, & par les troubles qui les accompagnerent & qui entrainent ordi-

De Roye, *de Miss. Domin.* pag. 13. & cap. 14. pag. 36. & suiv. Ibid. cap. 17.

(a) *Id est, Missi à Domino, putà Rege*, dit M. de Roye, dans le Traité qu'il a fait *de Missis Dominicis*, pag. 7.

nairement le mépris des Loix les plus saintes & le mieux établies. L'Abbé Ansegise, plus habile dans la science des Canons, qu'il n'en étoit exact observateur, avoit recueilli en 827. les Capitulaires de Charlemagne & de Louis le Débonnaire, en quatre livres, où il avoit séparé les matieres Civiles des Ecclésiastiques. Comme il n'avoit pas tout réuni, ou à dessein, ou parce qu'il n'avoit pas tout connu, Benoît, Diacre de l'Eglise de Mayence, les recueillit de nouveau en trois autres livres vers l'an 845. La lecture de ces Capitulaires est d'une grande utilité, & je m'en suis servi avec avantage pour donner de l'Etat où les Lettres étoient en France dans le IX. & dans le X. siécle, l'idée que l'on en a vûë dans cette Dissertation.

FIN.

APPROBATION.

J'Ai lû par ordre de Monſeigneur le Chancelier, un Manuſcrit, qui a pour titre *Etat des Sciences en France, depuis la mort de Charlemagne juſqu'à celle du Roi Robert.* C'eſt le ſujet que l'*Académie Royale des Inſcriptions & Belles-Lettres* donna l'année derniere pour le concours au Prix, & c'eſt à cet ouvrage là même qu'elle l'a adjugé : ainſi, il eſt très-digne de l'impreſſion. A Paris le 15. Mai 1737.

GROS DE BOZE.

PRIVILEGE DU ROI.

LOUIS, par la grace de Dieu, Roi de France & de Navarre : A nos amez & féaux Conſeillers les Gens tenans nos Cours de Parlement, Maîtres des Requêtes ordinaires de notre Hôtel, Grand Conſeil, Prevôt de Paris, Baillifs, Seneſchaux, leurs Lieutenans Civils, & autres nos Juſticiers qu'il appartiendra, SALUT. Notre bien-amé PIERRE-JEAN MARIETTE Fils, Imprimeur & Libraire à Paris, ancien Adjoint de ſa Communauté, Nous ayant fait ſupplier de lui accorder nos Lettres de Permission pour l'impression des *Pierres Antiques*, *Gravées, second Recueil*; *Dissertation sur l'Etat des Sciences en France, depuis Charlemagne jusqu'au Roi Robert*; offrant pour cet effet de les Imprimer ou faire imprimer en bon papier & beaux caracteres, suivant la feuille imprimée & attachée pour modele sous le contre-scel des Présentes. Nous lui avons permis, & permettons par ces Présentes d'Imprimer ou faire imprimer lesdits Livres ci-dessus spécifiées, en un ou plusieurs volumes, conjointement ou séparément, & autant de fois que bon lui semblera, de les vendre, faire vendre & débiter par tout notre Royaume pendant le tems de trois années consécutives, à compter du jour de la datte desdites Présentes; Faisons défenses à tous Imprimeurs, Libraires & autres personnes de quelque qualité & condition qu'elles soient, d'en introduire d'impression étrangere dans aucun lieu de notre obéïssance: A la charge que ces Présentes seront enregistrées tout au long sur le Registre de la Communauté des Imprimeurs & Libraires de Paris, dans trois mois de la datte d'icelles; que l'impression de ces Livres sera faite dans notre Royaume, & non ailleurs; & que l'Impétrant se conformera en tout aux Réglemens de la Librairie, & notamment à celui du 10. Avril 1725. Et qu'avant que de les exposer en vente, les Manuscrits ou Imprimez qui auront servi de copie à l'impression desdits Livres, seront remis dans le même état où les Approbations y auront été données ès mains de notre très-cher & féal Chevalier le Sieur DAGUESSEAU, Chancelier de France, Commandeur de nos

Ordres, & qu'il en sera ensuite remis deux Exemplaires de chacun dans notre Bibliothéque publique, un dans celle de notre Château du Louvre, & un dans celle de notre très-cher & féal Chevalier, le Sieur DAGUESSEAU, Chancelier de France, Commandeur de nos Ordres, le tout à peine de nullité des Présentes: Du contenu desquelles vous mandons & enjoignons de faire jouir l'Exposant, ou ses ayans cause, pleinement & paisiblement, sans souffrir qu'il leur soit fait aucun trouble ou empêchement. Voulons qu'à la Copie desdites Présentes, qui sera imprimée tout au long au commencement ou à la fin desdits Livres, foi soit ajoutée comme à l'original; Commandons au premier notre Huissier ou Sergent, de faire pour l'exécution d'icelles, tous actes requis & nécessaires, sans demander autre permission, & nonobstant clameur de Haro, Chartre Normande, & Lettres à ce contraires: CAR tel est notre plaisir. DONNE' à Paris le premier jour de Juin, l'an de grace mil sept cent trente-sept, & de notre Regne le vingtdeuxiéme. Par le Roi en son Conseil.

SAINSON.

Registré sur le Registre IX. de la Chambre Royale des Libraires & Imprimeurs de Paris, N°. 472. fol. 442. conformément aux anciens Réglemens, confirmez par celui du 28. Février 1723. A Paris, le 4. Juin 1737. Signé,

MARTIN, Syndic.

Ordres, & qu'il en sera ensuite remis deux exemplaires [illegible] chacun, pour sortir [illegible] que [illegible] celle de notre [illegible] de Louvre, & un dans celle de notre très-cher & féal Chevalier, le Sieur D'aguesseau, Chancelier de France, Commandeur de nos Ordres, que sera à peine de nullité des présentes. Du contenu desquelles vous mandons & enjoignons de faire jouir l'Exposant, ou ses ayans cause, pleinement & paisiblement, sans souffrir qu'il leur soit fait aucun trouble ou empêchement. Voulons que la Copie desdites Présentes, qui sera imprimée tout au long au commencement [illegible] du dit Livre, [illegible] foi soit ajoutée comme à l'original ; Commandons au premier notre Huissier ou Sergent, de faire pour l'exécution d'icelles, tous actes requis & nécessaires, sans demander autre permission, & nonobstant clameur de Haro, Charte Normande, & Lettres à ce contraires. Car tel est notre plaisir. Donné à [illegible] le [illegible] l'an de grace mil [illegible] & de notre règne le [illegible]. Par le Roi en son Conseil.

[illegible]A[illegible]O[illegible]

Registré sur le Registre [illegible] de la Chambre Royale [illegible] Paris, [illegible] conformément aux [illegible] [illegible] 17[illegible] Signé [illegible]

MARTIN, Syndic.

www.ingramcontent.com/pod-product-compliance
Lightning Source LLC
LaVergne TN
LVHW020323230826
846091LV00003B/752

* 9 7 8 2 0 1 1 3 3 2 5 1 6 *